KB266088

눈썹 위의 낮달

눈썹 위의 낮달

눈썹 위의 낮달

초판인쇄 2026년 3월 25일
초판발행 2026년 3월 25일

지은이 김부배
펴낸이 이해경
편 집 박다연
펴낸곳 (주)문화앤피플뉴스
등록번호 제2024-000036호
주소 서울 중구 충무로2길 16, 4층 403호 (충무로4가, 동영빌딩)
대표전화 02)3295-3335
팩스 02)3295-3336
이메일 cnpnews@naver.com
홈페이지 www.cnpnews.co.kr

정가 17,000원
ISBN 979-11-94950-30-1(03810)

눈썹 위의 낮달

김부배 제7시조집

문화앤피플

첫 시조집을 낼 때의 설렘이 엊그제 같은데, 어느덧 일곱 번째 맺음표를 찍습니다. 3장 6구 12소절이라는 정형의 틀 안에서 자유를 찾으려 애썼던 시간이 행간마다 녹아 있습니다.

부족한 글들이 세상 밖으로 나가는 것이 여전히 부끄럽지만, 누군가의 마음 한구석에 작은 위로가 될 수 있다면 그것으로 충분합니다.

묵묵히 제 길을 지켜봐 주신 모든 분께 머리 숙여 감사를 전하며, 말은 넘쳐나되 마음 닿을 곳은 적은 시대입니다. 한 줄의 시조를 빚어내는 일은, 나 자신을 비워내는 수행과도 같았습니다. 시는 결국 내가 쓰는 것이 아니라, 내 삶을 통과한 계절과 인연들이 남긴 흔적이라는 것을요.

　이 시편들이 독자 여러분의 삶에도 고요한 파동이 되기를 소망합니다. 『눈썹 위의 낮달』 시조집을 출간하면서 스승이신 효봉 교수님께 감사드립니다.

　또한 함께했던 문우님들, 출판을 도와 수고하여 주신 문화앤피플 이해경 대표님 고맙습니다.

2026년 3월 봄꽃이 피는 날

진월 김 부 배

Contents

■ 시인의 말   04

제1부. 그리움 머문 자리

이별	12
직지	13
등대	14
폐차의 넋두리	15
고드름	16
빈 의자	17
사랑의 속삭임	18
이석증	19
울돌목에서	20
부활꽃 이육사	21
김소월	22
이순신 동상을 바라보며	23
청안시대	24
그리움 머문 자리	25
세월	26
백야	27
여유당의 숨결	28
초여름 밤	29
먼 발치 그리움	30
정글의 하룻밤	31
운무	32
사랑의 힘	33
가을 단상	34
박사마을에서	35
환희	36
시인의 노래	37

제2부.　　탈출하고 싶은 날

나의 스승님　　　　　　　40
가을 소묘　　　　　　　　41
질투　　　　　　　　　　42
탈출하고 싶은 날　　　　43
연가　　　　　　　　　　44
그리움　　　　　　　　　45
안나푸르나 여정　　　　　46
함박눈 내리는 날　　　　47
트리부반 공항에서　　　　48
카투만두의 숨결　　　　　49
폐가　　　　　　　　　　50
낙화　　　　　　　　　　51
설중매　　　　　　　　　52
작시고(作詩苦)　　　　　　53
여름밤　　　　　　　　　54
물도 꽃을 피운다　　　　55
거미　　　　　　　　　　56
해후　　　　　　　　　　57
바람　　　　　　　　　　58
사랑의 불빛　　　　　　　59
우크라이나 소녀　　　　　60
홍시　　　　　　　　　　61
새봄맞이　　　　　　　　62
해바라기　　　　　　　　63
구절초 연가　　　　　　　64
여고 졸업사진　　　　　　65
낮달　　　　　　　　　　66

제3부.　매창을 닮은 사랑

달맞이꽃의 고백	68
상고대	69
새싹을 보며	70
바느질	71
생일날 출근	72
봄처녀	73
창가에 앉아서	74
금전수 바라보며	75
염전	76
월광 소나타	77
인연	78
물꽃	79
광야에서 하룻밤	80
황혼 변주곡	81
봄 타는 여자	82
봄비 내린 뒤	83
홍매화	84
매창(梅窓)을 닮은 사랑	85
고백서	86
백일장에서	87
면앙정	88
반달	89
소쇄원에서	90
동백, 그 사랑의 깃을 따라	91
배롱나무	92
아침고요 수목원에서	93
선물	94

제4부. 파를 다듬다

오! 히말라야 설산　　　　　96
강물에 비친 하늘빛　　　　　97
바람소리 드센 날에　　　　　98
파를 다듬다　　　　　99
중랑천의 백두루미　　　　　100
인연의 향기　　　　　101
나의 베란다　　　　　102
달빛 향을 훔치다　　　　　103
아, 한탄강　　　　　104
무지갯빛 당신　　　　　105
가을날의 가슴 밭　　　　　106
그녀의 뒷모습　　　　　107
그리움은 강물처럼　　　　　108
하늘빛 사랑 연가　　　　　109
고인돌의 고인(古人)　　　　　110
사막의 모래바람　　　　　111
셀카 놀이　　　　　112
홍릉 숲길을 걸으면　　　　　113
상사화　　　　　114
소요산 해탈문을 지나며　　　　　115
한강의 한숨 소리　　　　　116
시골집 달빛　　　　　117
문경새재를 걸으며　　　　　118
입동(立冬)　　　　　119
가을 하늘　　　　　120
이게 참사랑　　　　　121
사과를 먹으며　　　　　122

제5부. 목마른 반달

추억의 불씨 하나   124
불멸의 운곡 정신   125
들국화 연정   126
물안개 강변을 걸으며   127
방문자   128
안나푸르나 설산을 바라보며   129
시심의 꽃   130
선홍빛 가슴앓이   131
나의 별   132
단풍(丹楓)   133
꺼지지 않은 불꽃   134
꿈길에 서서   135
눈썹 위의 낮달   136
당신   137
목마른 반달   138
끝눈 내리던 날의 기도   139
달빛 사랑   140
겨울 빛 그리움   141
황태덕장   142
월궁에서 기다림   143
솔베이지를 만나보다   144
풀잎 사랑   145
구름처럼 바람처럼   146
춘신   147
봄을 끓이다   148
일몰   149
가시연꽃   150
고로쇠나무   151

■평설| 하늘빛 소망과 그리움의 순수 미학 - 이광녕 152

제1부

그리움 머문 자리

이별 / 직지 / 등대/ 폐차의 넋두리 / 고드름 / 빈 의자 / 사랑의 속삭임 / 이석증 / 울돌목에서 / 부활꽃 이육사 / 김소월 / 이순신 동상을 바라보며 / 청안시대 / 그리움 머문 자리 / 세월 / 백야 / 여유당의 숨결 / 초여름 밤 / 먼 발치 그리움 / 정글의 하룻밤 / 운무 / 사랑의 힘 / 가을 단상 / 박사마을에서 / 환희 / 시인의 노래

이별

에이는 숨소리가 가슴속 무게만큼
똬리 튼 아릿함을 진종일 내리친다
으스스
허옇게 부서진
서릿발도 슬픈 날.

직지

활자 속 긴 어둠과 햇볕을 껴입고서
땀인 듯 울음인 듯 아득한 마음 새겨
오래된 금속의 꿈을 풀어내는 그 이름

쇳물에 백팔번뇌 녹이며 걷어내도
한계점 다다르는 통점은 몰려들어
부러진 초저녁 달빛 심 폐부를 찌른다

한 자 한 자 깊어가는 간절함 새기면서
비로소 돌아보는 목마른 경전 소리
한지에 피어나는 꽃 그 전설이 가없다.

등대

뜬눈으로 밤 지새는 눈꺼풀 치켜뜨고
아직도 못 돌아온 통통배 그리워서
두 눈에 쟁여둔 빛살 수평으로 비춰본다

별처럼 쏟아져서 심지 박힌 가슴앓이
애타게 빗장 풀어 수면 위로 내보내니
파도는 시름을 깨고 아픈 마음 잊으란다

기다림은 바람이고 그리움은 무지갠가
오래된 물길 소망 차곡차곡 쌓였는데
시린 등 다독거려 주는 태양볕이 그립다.

폐차의 넋두리

행여나 서러운 맘 짓눌릴까 두려워
남몰래 쓴웃음이 깨어난 아쉬움들
휘감겨 얽혀지듯이 사연들도 끌려간다

불어터진 타이어에 길바닥 맺힌 울음
속도는 나뒹굴고 반기들어 시도해도
이 세상 모든 길들은 한 곳으로 향한다

방황의 끝자락에 새겨진 귀향이여
허락된 인연의 길 천천 만리 된다 해도
발바닥 다 닳도록 달려 열정의 길 향하리.

고드름

못 다한 말씀 엉겨 하늘에서 내려온다
등 굽은 처마 끝에 해와 달의 음기 받아
찬 세월 층층 매달아 물방울로 스민다

눈물과 아픔으로 뒤섞여 자란 뼈대
칼바람 예리해도 아래로만 향하다가
영그는 맑은 고백서 하늘 소망 가득하네

광풍이 몰아쳐도 소롯이 별빛으로
걸어온 그대 언약 낮은 곳 살피라는
영롱한 그 말 한마디 수정으로 매달렸네.

빈 의자

무릎 뼈 삐걱삐걱 동구 밖 지키는데
등에 진 서러움은 누구를 기다리나
소롯이 이슬방울만 앉았다가 떠난다

해걸음 뒷모습은 가슴속 파고 들어
수심의 끝자락이 언제나 끝나려나
까맣게 불 태워버린 어머니의 묵은 연민

신경통 앓은 한숨 종합병원 신세 되니
긴 세월 홀로 늙어 검버섯만 돋아 있어
나 홀로 노을빛 기대 외로움만 달래 본다.

사랑의 속삭임

임이여 저 별과 달 언제나 불러놓고
단 하나 마음속에 휘감아 이어가는
금슬로 나이테마다 정 새기며 살아요

지내온 두께만큼 참사랑 떠 올리며
열정의 그 순간들 뜨겁게 수놓고서
높푸른 하늘빛처럼 안겨주오 오롯이

백향목 향기 아래 손에 손을 맞잡고서
행복이 피어나게 추억도 살아나게
연분홍 아로새긴 꿈 걸어놓고 살아요.

이석증

오지에 갇혀 있어 길 잘못 들었나봐
깊숙한 어두움 속 계곡 위 그 좁은 집
번개가 휘몰아치듯 순식간에 아찔하다

떨어져 부서지니 새 단장 해서라도
너와 나 잘 다듬어 제대로 살자는데
여전히 뒤따라오며 돌아가려 안하네

혼과 맘 움켜쥔 채 묵묵히 살아온 정
사랑의 묘약처럼 붙어야 살 수 있어
또 다시 어지러운 세상 만들지는 말게나.

울돌목에서

바다에 맺힌 울분 따갑도록 반추하며
휘도는 저 물살 위 붉게 핀 핏빛 함성
또렷이 새긴 영혼에 화살처럼 박힌다

동상 앞 겹동백꽃 통째로 수놓고서
보란 듯 얼굴 붉게 혼 깃든 저 아련함
경건히 바라볼수록 솟구치다 스민다

마음속 별빛 가득 세차게 요동치고
외로움 홀로 토해 도도한 저 물줄기
숭고히 그려놓고서 숨죽이며 흐른다.

부활꽃 이육사

멍울진 임의 결기 드높이 휘날리면
아슴한 달빛 아래 저릿한 맘 끝에서
구슬픈 울음소리가 스치듯이 아리다

밀려난 이국땅에 응어리진 그리움이
애끓는 나라 사랑 순백의 양이 되어
가슴속 통증이 일면 애국혼을 쏟아낸다

태우면 태울수록 못 다한 숙명까지
밀려든 새벽의 꿈 혼자 겨워 쓰러져도
산화된 영육의 넋은 부활의 꽃 활짝 피네.

김소월

아픔이 덧난 봄은 7.5조 가락으로
빚어낸 슬픔으로 발자취는 꽃잎으로
치솟듯 밀어 올린다 나라 잃은 설음까지

한 많은 가슴속을 보듬어 껴안고서
처절한 울림으로 절절히 토해내니
한 떨기 진달래꽃을 힘겹도록 피운다

바람의 숨결처럼 절절한 느낌으로
앉았다 떠나간 향 속 감추인 꽃잎 되어
이별 한(恨) 해마다 피어 핏빛으로 물드네.

이순신 동상을 바라보며

동상 앞 동백꽃은 피물 든 항전 의지
한 맺힌 아픈 가슴 그 얼마나 애탔을까
경건히 바라볼수록 절로 고개 숙여지네

전란의 모진 풍파 세차게 요동 쳐도
번뜩이는 칼의 무게 도도한 저 물줄기
숭고한 구국의 의지 세월 넘쳐 흐른다

바다를 달군 울분 솟구쳤다 휘도는데
출렁인 물살 위로 당겨진 수변의 활
생생한 그날의 눈빛 화살처럼 날아간다.

청안시대

가려진 인연의 길 아련히 휘어 감고
푸른 꿈 가슴 안고 찾아 헤맨 지난 세월
빛 따라 달려와 보니 장엄한 빛 수 없네

반겨 맞는 따스한 손 아로새긴 나의 사랑
청산에 어화둥둥 시화 향기 넘쳐나니
여기에 무릉도원이 자리 잡고 있었구나

늘 푸르게 살아보리 시선되어 올라가리
여백을 개울처럼 물 흐르게 놔두고서
이제는 청안의 언덕에 꽃 피우며 살리라.

그리움 머문 자리

꽃댕기 쓰담쓰담 살가운 내 그리움
잉걸불 열정 위에 수놓아 덧칠하고
이토록
타오르는데 눈길조차 없구려.

세월

휘돌아 굴러간다 계절을 앞세우고
멈추지 못한 건지 날마다 찾아와서
주름살 그려 놓고는 훈장이라 우긴다

꽃보다 아름답다 은발의 머리카락
지금은 유월 향기 장밋빛 넘실대며
유난히 맑은 하늘은 마음꽃을 수놓네.

백야

세월이 한꺼번에 수십 년 토해 놓고
두려운 게 없는 듯 높이 떠 조율하며
둘러맨 바이킹 햇살로 어절씨구 즐겼다

엄살과 핑계들로 함부로 산 지난 세월
순수는 떠나려고 정적까지 휘감지만
냉가슴 간절한 후회 감싸안아 뒹군다

한순간 구름말로 하늘길 떠도는데
여전히 부여 잡힌 선연한 저 하늘빛
눈 밑엔 회한 타는 듯 이글이글 밤이 새다.

여유당의 숨결

마재골 너른 뜨락 님의 향기 짙푸르다
묵향이 넘실넘실 다산의 얼 가득한데
묘소에 오르는 돌계단 층층마다 우국이다

애민엔 목민심서 치세엔 경세유표
명판엔 흠흠신서 명의엔 마과회통
님의 뜻 실사구시가 무지몽매 다 깨웠다

하늘 내린 스승이여 이 민족의 구원자여
앞길 열어 비춰주신 그 지혜 놀라워라
방대한 묵향 자취가 이 민족의 횃불됐네

여유당 기침 소리 가슴 저며 스미는데
무거운 역사의 짐 거중기로 들어올려
오늘도 위대한 숨결 강물 되어 흐르네.

초여름 밤

꿈결의 행간 너머 그대 환히 고개 들면

달님이 한밤중에 은밀히 전하는 말

그리움 하늘까지 닿아 별빛조차 뜨거웠대요.

먼 발치 그리움

꽃댕기 매어주던 애틋한 그리움이
잉걸불 불씨 되어
내 가슴 사르는데

그대여
야속하여라
눈길조차 주지 않네.

정글의 하룻밤

칠흑 같은 정글에선 별빛만이 쏟아진다
물소리 선율 되어 고요마저 휘감는데
냉가슴 일렁거린다 마음까지 흔들린다

어둠 속 굴레들은 눈멀 듯이 내려앉고
침묵은 비밀스런 적막도 휘젓는데
세상이 그리워지네 개똥밭이 거기라도.

운무

흰빛의 저 미몽들 휘감다 나뒹굴며
아리게 조율하다 몰아친 소용돌이
쏟아낸 흘림체 고백 그 나래짓 정겹네

무게와 밀도 벗은 가벼운 발뒤꿈치
허공의 하늘 무대 춤사위도 날렵한데
하얗게 잉태한 기쁨 두리둥실 리듬 타네.

사랑의 힘

기다림 혀끝에서 은은히 녹아들어
달콤한 온유 향기 머리서 발끝까지
넘치는
참사랑 가득 담겨 있어 정겨워.

가을 단상

꼬리를 감추었던 사색의 순간들이
계절의 빈 공간을 꼼꼼히 채우더니
만남과 이별의 틈새에서 빼꼼히 내다본다

갈댓잎 희뿌옇게 물안개 토해내도
봉선화 손톱 같은 저 달은 또 차올라
우연히 맺었던 인연 이울다가 꽃이 피네

들떴던 마음 한 짝 길섶에 벗어놓고
두고 온 가녀린 숨 붙잡으려 애썼지만
목 메인 노을빛 순간은 침묵 속에 꺼져가네.

박사마을에서

선양탑 앞에 서니
내 가슴도 들썩인다

빼곡히 들어앉은
명예로운 박사님들

낮과 밤 부둥켜안고
그 얼마나 굴렀으랴

허기진 모진 세월
발목을 붙잡지만

광주리 꿈 가득 열망
지성이면 감천이라

기어이 등용문 오르네
박사가문 늘어가네.

환희

발목이 빠져드는 눈물 세월 건너와서
보고픔 일어선 날 새로 쓴 봄날 연서
연분홍 짙어간 봄밤 울컥울컥 젖는다

한 생애 실려온 듯 달빛도 안부 물어
햇살을 채워가는 청안시대 그 뜨거움
다시는 이별이 없는 봄꽃처럼 눈을 뜬다.

시인의 노래

짜여진 저 공식들 다 버리고 떠난 오후
절절한 외침으로 변수에 싹을 틔워
세월을 등에 업고서 강둑 따라 걷는다

시혼과 한 몸 되니 열리는 비밀의 문
황홀한 전율들이 사색 향 다독이자
숨소리 달뜬 여백들 긴 여운을 토한다

막막한 침묵 건너 퇴고를 거듭하면
햇살의 따스함이 은은히 빗장 풀어
잘 익은 고독의 시편들 금빛 날개 펼친다.

제2부

탈출하고 싶은 날

나의 스승님 / 가을 소묘 / 질투 / 탈출하고 싶은 날 / 연가 / 그리움 / 안나푸르나 여정 / 함박눈 내리는 날 / 트리부반 공항에서 / 카투만두의 숨결 / 폐가 / 낙화 / 설중매 / 작시고(作詩苦) / 여름밤 / 물도 꽃을 피운다 / 거미 / 해후 / 바람 / 사랑의 불빛 / 우크라이나 소녀 / 홍시 / 새봄맞이 / 해바라기 / 구절초 연가 / 여고 졸업사진 / 낮달

나의 스승님

존귀하신 님이시여 매순간 꽃 피우며
달콤한 사색의 리듬 나눠주는 나의 스승
머리엔 황금 빛깔로 월계관을 쓰셨도다

아슬한 생의 난간 올곧게 잡아주며
환희로 휘어잡아 껴안은 저 목소리
끝 모를 상상력으로 시심의 집 짓는다

하루를 다독이는 온유하고 따순 손길
응고된 시어들이 향기 뿜어 빗장 여니
그 이름 문향을 타고 세세토록 빛나세.

가을 소묘

하늘빛 꽃등 달고 마음에 단풍 들면
청잣빛 눈빛으로 비움을 걸어놓고
흐르는 사색의 밭에 영근 고요 심는다

해질녘 서녘 가에 새겨진 어떤 물음
희뿌연 물안개는 느낌표 물들이고
농익은 기다림의 멋 곱게곱게 펼친다

볼수록 밀도 높게 만산에 새긴 홍엽
열정의 순간들이 하르르 타오르며
노을빛 황홀함 속엔 그리움이 가득하다.

질투

보여요 등 뒤에도 저 모습 다 보여요
어머머 속 터져라 입속이 말라가요
이 가슴
열불이 나요 내가 너무 작은가요.

탈출하고 싶은 날

알려고 하지 마오
모르면 약이 되오

가슴팍 톡톡 쏘며
스며드는 아린 사랑

그 맛에 취한 이 아픔
혼자 크게 웃어 본다.

연가

연분홍 수줍음이 긴긴 밤 휘감으며
달빛만 걸치고서 설렘을 펼쳐들면
가슴에 쟁여둔 그리움 울컥울컥 솟구친다

손잡고 함께하며 맘 설레던 그 첫 자리
서성인 문장들과 떨리는 고백들이
지금도 사무치도록 입안에서 감도네

꽃길을 열어놓고 청사초롱 불 밝히고
붉게 핀 꽃잎처럼 화안하게 안긴 당신
이 밤은 깊어만 가고 새벽녘은 멀고 멀다.

그리움

힘겨운 인생 너머 눈빛마저 감춰두고
냉가슴 부여잡고 애써 만남 망설인 정
숨겨둔 묵은 사랑이 싹이 터서 꽃 피네

하늘빛 꽃등 달고 나타난 고운 꽃님
먼발치 서성이다 슬쩍 한 발 물러서는
보고픈 어머니 얼굴 지울 수가 없구려

세월에 새겨진 당신의 그 말씀들
시공을 넘나들며 한생을 세우는데
오늘도 먹먹한 가슴 환희처럼 눈뜬다.

안나푸르나 여정

참회할 그 무엇이 그토록 많았을까
하얗게 두 손 모은 간절한 합장기도
매서운 하늘 눈초리 끌어안고 일어선다

한계에 도전하는 한 걸음 한 걸음이
꿈을 향해 허위허위 설산을 닮아가며
맥진한 오체투지로 돈오의 길 오른다

복받친 서러움은 눈밭에 묻어두고
가쁜 숨 몰아쉬며 하늘빛 껴안으니
드디어 나를 만나다 온 우주를 다 품었다.

함박눈 내리는 날

하얀 꽃 환한 미소 살랑이며 휘날리네
하늘문 펼쳐놓고 수놓는 설렘이여
내 가슴 한복판에도 백옥같이 물드네

들뜬 맘 다독이는 터질 듯한 이 속삭임
애틋한 기다림도 허공에 흩날릴까
남몰래 끌어안고서 빈 가슴에 안아보네

가슴속 도란도란 보고픔 더 밀려오면
그리움은 별이었다 지상에서 하나 되니
얼룩진 이 가슴에도 하늘 축복 꽃이 피네.

트리부반 공항에서

세상에 밀려온 듯 줄을 서는 그 첫 자리
아련히 새겨보는 트레킹족 독백처럼
입을 연 눈꽃송이들 마주 보며 눈인사네

낯설은 풍광마다 가슴가슴 신비한데
묵묵히 부대끼며 생명 빛을 껴안으면
들뜨는 여행의 설렘 내 온몸에 번져간다.

카투만두의 숨결

네팔 땅 카투만두
그 뜨거운 심장의 꽃

동물들 자유 만끽
사원들은 큰 숨 쉬네

먼 훗날
추억의 소리 느낌표로 번져가리.

폐가

앙상한 대들보가 굽은 등 기대 선 채
가을볕 끌어안고 댓돌에 걸터앉아
버려진 세월의 문짝 벗하고자 부른다.

낙화

파르르 떠는 아픔
하나씩 솎아내며

이별에 파묻히듯
눈물 뚝뚝 흘리지만

그리움
아무도 몰래
허공 끝을 달군다.

설중매

흰 눈발 등불 삼아 가슴에 설렘 켜고
밤새껏 임을 따라 시선 닮기 한창이다
한겨울 글자로 빚은 꽃송이가 환하다.

작시고(作詩苦)

추억을 부추기며 망각을 덧칠하고
흥분된 붓방아로 여백을 채우다가
분화구 펄펄 끓듯이 애가 타는 앙가슴.

여름밤

꿈결의 행간 너머 그대 환히 고개 들면
달님이 한밤중에 은밀히 전하는 말
그리움 하늘까지 닿아 별빛조차 뜨거웠대요.

물도 꽃을 피운다

근심도 날려버린 물빛이 날을 세워
꿈꾸던 동그라미 윤슬로 새겨놓고
찬란한 금빛의 나래 물꽃 피워 올린다.

거미

허공에 금을 긋는 그 놀라운 직조 솜씨
끈끈이 덫줄 놓고 살금 눈치 살피다가
거미손 먹이사슬로 낚아채는 투망꾼.

해후

저 멀리 꽁꽁 언 땅 절절한 외침처럼
발 동동 애가 타던 복수초의 눈물 사연
하늘은 간구 소리에 먹구름을 열었다

마침내 예로구나 꿈결인 듯 생시인 듯
보듬고 싹 틔우니 어느새 그대 가슴
소롯이 만난 그 자리엔 따사로운 봄이네.

바람

파도와 몸 섞더니
간 곳은 바람의 언덕

그 피가 유전되어
어느새 추파 날려

평생을
장돌뱅이처럼
떠돌다가 가겠지.

사랑의 불빛

보고픔 혀끝에서 은은히 녹아들어
달콤한 온유 향기 머리에서 발끝까지
넘치는 참사랑 가득 그 정겨움 눈물겹다

그대는 나의 전부 따습고 넓은 가슴
떨림과 설렘의 빛 등불 되어 비춰주니
하늘이 예비한 영광 그대만을 따르리

때로는 불꽃처럼 때로는 태풍처럼
황홀한 당신 모습 늑골에 새기면서
오늘도 남은 여생에 밑줄 그어보네요.

우크라이나 소녀

툭 치는 바람결에
짧은 생 마감하고

아리게 슬픈 눈물
어이해 태어나서

쓸쓸히
눈을 비비며
소멸하는 저 이슬.

홍시

흩어진 향기 모아 하늘 보며 머문 뜨락
글썽이는 이름으로 붉어진 침묵들이
고요히 달빛을 안고 주렁주렁 달렸네

영혼의 부싯돌로 내 안에 불 켠 당신
미틈달 물든 추억 서리 내린 가지 끝에
나는야 홀로 서러워 하얀 밤을 태우네

그리움 익어가면 설운 이맘 터질까요
칼바람 들썩이니 따순 그대 더 그리워
마침내 뜨거운 울음 불씨처럼 번졌네.

새봄맞이

햇살은 토닥토닥 마음은 활짝활짝

봄마중 손 내미니 반가워 씨앗 웃고

엿보던 꽃샘추위는 시샘하며 물러가네.

새봄맞이

해바라기

눈물 사연 촘촘 박힌 얄궂은 지난 추억
세월이 나의 사랑 휘어감고 흔들어도
내 가슴 뜨거운 열정 님 얼굴만 바라보리.

구절초 연가

아홉 번 꺾인 관절 흔들림에 질긴 목숨
순백의 꽃잎으로 눈물 사연 끌어안고
어려운 삶의 고비를 이겨내고 웃는구나

스치는 눈웃음엔 물소리도 흘러가고
목이 긴 그리움에 산바람도 스산한데
호수가 일렁거리듯 마음결도 흔들린다

가슴속 구구절절 속정 깊은 여린 순정
헝구는 묵은 시름 밝은 눈 마주하면
하늘빛 영원한 사랑 그 향기만 떠도네.

여고 졸업사진

그리움 눈빛 총총
기다림 목에 걸고

청록빛 수줍음은
해맑게 꽃 폈는데

단꿈은 부풀어 올라
머리끝에 앉았네.

낮달

보일 듯 말 듯하게
파리한 안색으로
등에 진 삶의 무게 힘들고 버거워도
촘촘히 아침과 저녁 깁고 꿰맨 어머니

수심의 그 끝자락 보이지 아니한데
까맣게 시들어버린 젊은 날의 그 푸른 꿈
못다 푼 한을 지고서 어딜 가고 계실까

무명옷 한 벌 입고 쓸쓸히 걷는 걸음
앞서 간 구비진 길 또다시 따라붙어
지금은 낮달로 떠서 나를 바라보시네.

제3부

매창을 닮은 사랑

달맞이꽃의 고백 / 상고대 / 새싹을 보며 / 바느질 / 생일날 출근 / 봄 처녀 / 창가에 앉아서 / 금전수 바라보며 / 염전 / 월광 소나타 / 인연 / 물꽃 / 광야에서 하룻밤 / 황혼 변주곡 / 봄 타는 여자 / 봄비 내린 뒤 / 홍매화 / 매창(梅窓)을 닮은 사랑 / 고백서 / 백일장에서 / 면앙정 / 반달 / 소쇄원에서 / 동백, 그 사랑의 깃을 따라 / 배롱나무 / 아침고요 수목원에서 / 선물

달맞이꽃의 고백

어스름 깔린 강둑 노오랗게 핀 그리움
달 뜨는 시간이면 가슴 죄고 걸어나와
밤이슬 흥건한 속내 온몸으로 쏟아낸다

그리운 얼굴 닮은 저 달님의 눈빛으로
추억을 길게 펴서 은하수 깔아놓고
하 그린 님을 맞으려 사랑 날개 슬쩍 편다

등 뒤에 숨어버린 머나먼 이별 언어
달빛을 품에 안고 사랑고백 출렁이는데
한밤중 향긋한 미소는 일편단심 그려낸다.

상고대

저 눈길 하나 세워 보고픈 창을 열면
잊혀진 여울목에 그 겨울 들어선다
흩뿌린 눈물이 엉겨 얼어붙은 첫사랑.

새싹을 보며

싹 싹 싹 두 손 비벼
얼굴 내민 우주 마음

씨앗은 언제일까
부푼 꿈도 초롱초롱

언 땅을 밀어 올리는
꿈틀꿈틀 내 맘일세.

바느질

울음보 터진 밤길 한 땀 한 땀 공그리며
해지고 엉킨 세월 버겁게 버틴 인생
눈물로 꿰맨 그리움 복주머니 차고 산다.

생일날 출근

한 그릇의 미역국에
고향 바다가 환하게 출렁인다
바지락 따라온 하얀 파도소리
미역귀에 담긴 인어 이야기
수평선에서 갯벌 꺼내
굴을 따 마주 앉은 밥상이
차르르 차르르 넘쳐난다

물때에 맞춰 숨 쉬는
어머니의 기도가
달빛으로 번져 올라오자
소금처럼 따가운 내 하루가
이내 순해지기 시작했다.

봄처녀

겨우내 익혀오던 사랑빛 여운 이고

눈부신 햇살 흠뻑 덧입고서 생긋방긋

꽃망울

터지는 가슴

봄도 따라 같이 웃네.

창가에 앉아서

초겨울 해거름에 은은히 젖어들면
홀연히 번져오는 사색의 은빛 물결
흐르는 그리움으로 잠기는 듯 고요하다

추억은 몰래 와서 창을 톡톡 두드리는데
감성은 아쉬운 듯이 여백의 한 덧칠하며
쓸쓸한 고독을 보태 허공 속을 맴돈다

미묘한 설렘 가득 고운 님을 떠올린다
눈물어린 길목에서 동행 기쁨 다가오면
향그런 사랑의 선율 읊조리며 안기리.

금전수 바라보며

금전수 자라는 모습 푸른 당신 같네
빛 고운 님 부푼 온정 사랑묘약 늘 취하니
하르르 기지개 켜며 연리지로 살아요.

염전

그 옛날 꽃등 달고 증발한 나의 영웅
아버지 생전 모습 흰 꽃에 아로새겨
당신이 하시던 말씀 가슴 깊이 새긴다.

월광 소나타

별빛의 기를 받고 달빛 사랑 띠 두르고
떠오른 고운님과 도란도란 속삭이면
추억의 꽃등을 켜고 새 움터를 짓는다

한밤중 고요마저 침묵이 어색한 듯
휘감겨 한 몸이 된 만삭의 달빛 정은
꿈꾸듯 심장의 북을 둘이 함께 두드린다.

인연

쌓고도 또 쌓아도 모자라는 사랑 돌탑
하늘빛 천생연분 몸에 감겨 단심이네
억겁을 쪼갠다 해도 다시 피는 내 사랑.

물꽃

호수에 퍼부었던 내 슬픈 눈물방울
그리움 눈을 뜨고 톡톡톡 일어서면
눈물은 물보라 타고 물꽃으로 피어난다

노을은 붉게 젖어 땅거미 스미는데
님 소식 멀고 멀어 물안개만 자욱하니
희미한 그대 모습만 물컹하게 잡힌다

때마침 우는 박새 님을 찾아 우는 건가
수면 위 번져가는 눈물어린 속삭임들
나는야 물방개 되어 물꽃 위에 앉는다.

광야에서 하룻밤

이집트 낯선 광야 마음까지 요동친다
우주와 어우러져 솟아오른 큰 그리움
귀 열면 모세의 울림 그때 환상 너울댄다

어쩌다 마주치는 베두인의 양무리들
생명줄 찾아나선 긴 세월이 경이로워
온몸에 전율하듯이 신비감만 차오른다

가나안 땅 찾아들다 목말라 지친 백성
연민의 옹이마다 눈물겨운 하소인데
하늘은 내가 있노라 귀에 대고 속삭인다

젖과 꿀은 어디 있나 약속의 땅 멀고 먼데
영혼의 혼불인 듯 야생화들 싱긋방긋
나는야 만나를 먹고 가나안 땅 바라본다.

황혼 변주곡

창가에 잠시 앉아 젊은 채색하고 있다
추억 속 부푼 꿈이 세월 저편 떠난 뒤로
여전히 옹이진 아픔 절뚝이며 걷는다

나약한 지난날은 다시금 자맥질해서
기도 속에 은빛 물결 맑은 영혼 솟구치니
황혼녘 노을빛 속에 금빛으로 떠오른다

꺾일 줄 알았는데 다가서는 고운 숨결
꺼져가는 불씨 살려 눈앞에서 웃어주니
기꺼이 두 팔을 벌려 고운 넋을 안아본다.

봄 타는 여자

파릇한 애잎 눈이 봄햇살 찾아간다
선홍빛 닮아버린 미소에 배어든다
어머나, 저 아리따운 소싯적의 나 좀 봐.

봄비 내린 뒤

구름발 흩날리며 강림한 하늘 입술
환하게 잠긴 숨결 그 숨소리 싱그럽고
대지엔 환희의 미소 서로 방긋 반짝인다

세미한 음성들로 봄빛 선율 흐르는데
홍매화 은은하게 꽃향기를 틔우는지
어머니 젖줄을 타고 그리운 님 찾는다.

홍매화

아주 먼 길 되돌아와 번뇌 털고 깨어난 몸
노을진 가지마다 된바람에 볼 붉히며
이른 봄 바자울 너머 달빛 물고 뒤척이네

한 생을 되돌리듯 절며절며 일어서서
까맣게 타는 가슴 맺힌 한을 다독이며
그 회한 붉은 눈물을 뼛속까지 흘리네

설핏한 별을 따라 깨졌던 아픔이야
단심으로 일어서는 천길 벼랑 지조 끝에
피멍울 웃음꽃으로 핀 내 어머니 환생인가.

매창(梅窓)을 닮은 사랑

그윽한 님의 얼굴 배꽃 향기 가득하고
미소는 부드러워 행복 절로 피어나네
저무는 노을빛 속에 은빛 사랑 더 고와라

사랑은 질긴 눈물 밝힐수록 더 피어나
냉가슴 엉킨 한도 속삭임에 녹아나니
눈 뜨면 매창을 열어 천릿길에 띄워본다.

고백서

해독이 어려웠던 지난 세월 물음표들
은근히 품어 안고 그날 그때 열어보니
하늘빛 시린 환희가 봄빛 타고 올라온다

길섶에 누운 햇살 큰 미소로 화답하자
몇 광년 떨어진 별 '사랑 찾아 돌아왔소'
노을빛 그리움이 타는 이 흔들림 어찌 하리.

백일장에서

어사화 누가 쓸까 가슴 두근 조마조마
그래도 내 누군데 몰래 숨어 손꼽다가
빛바랜 모자만 쓰고 돌아서는 백면서생
(白面書生)

면앙정

가파른 언덕길로 허위허위 올라보니
굽으리니 땅이요 우러르니 하늘이네
홍진에 찌든 번뇌는 허공 돌다 씻겨가네

바람과 달 불러놓고 산천을 잡아당겨
청풍 속에 님을 따라 강호가도 이어거니
면앙정 님의 숨결에 시심 절로 풍류로다.

반달

하늘 내린 인연인가 운명인 듯 숙명인 듯
다가서면 물러서고 돌아서면 되붙잡고
한밤중 반달로 떠서 오작교만 바라보네.

하늘 내린 인연인가 운명인 듯 숙명인 듯
다가서면 물러서고 돌아서면 되붙잡고

소쇄원에서

대나무 숲 길 위에 바람이 귀를 열면
소쇄옹 푸른 절개 발걸음을 잡아끌어
나 절로 풍광에 젖어 옛 정치에 빠져든다

제월당 대청마루 묵향 따라 앉아보니
하늘빛 껴안은 채 물소리 새소리뿐
번뇌는 청정에 씻겨 고요 속에 잠잠하다

여기가 무릉인가 하늘 정원 별천진가
광풍각 빛살 풍류 시인 묵객 품 안으니
저절로 시선이 되어 우화등선 날더라.

동백, 그 사랑의 깃을 따라

그윽한 님의 품안 문향이 가득하다
살포시 눈 감으면 고운 숨결 닿는 느낌
붉은 맘 저만치에서 허공 돌다 안겨드네

사랑은 슬픈 전설 가슴 아픈 인고의 꽃
눈물어린 봄 햇살로 청실홍실 피어나니
날마다 고요깃 달고 끌어안고 살리라

묵묵히 살아가요 묵향 따라 살아가요
낙관 찍혀 떨친 이름 하늘 답이 오면
나는야 그리움 안고 동백처럼 살리라.

배롱나무

모진 고문(拷問) 불붙어서
달궈진 꽃숭어리

충신열사 거듭난 듯
수행스님 탈속한 듯

묵은 때 껍질을 벗고
핏빛 영혼 환생했네

까마귀 분칠한들
백로 행세 말이 되나

미끄러운 허튼 세상
겉 다르고 속 다르면

잔나비 미끄럼 타다
떨어질 날 있으리라.

아침고요 수목원에서

해맑은 햇살 이고 귀를 씻는 고요의 집
설렘이 되감기며 푸른 추억 부푸는데
향나무 올려다보니 아픔들도 향기다

줄기들 속삭임도 물관만큼 커져가고
쪼르르 달려드는 꽃향기 틔우는지
꽃망울 내일의 소망 살며시 밀어올린다

노을빛에 얼굴 묻어 깊어진 생의 찰라
여백에 푸른 꿈을 써 내리는 맑은 여유
번뇌는 탈을 벗는다 우거진 숲 사이로

휘감긴 그리움에 한껏 부푼 행복 나래
긴 여운 인연 따라 울림의 숲 환해지니
내 영혼 나무가 되어 하늘 보고 바로 섰다.

선물

보낸 이 알쏭달쏭 궁금한 택배상자
뚜껑 열자 출렁이는 추억어린 고향 바다
엄마 정 미역줄기에 주렁주렁 달렸네

짭조름한 갯내음에 향수심이 피어올라
갯바람 다시 불어 반가워서 달려가니
그때 그 엄마 사랑에 내 눈물도 뜨거웠네.

제4부

파를 다듬다

오! 히말라야 설산 / 강물에 비친 하늘빛 / 바람소리 드센 날에 / 파를 다듬다 / 중랑천의 백두루미 / 인연의 향기 / 나의 베란다 / 달빛 향을 훔치다 / 아, 한탄강 / 무지갯빛 당신 / 가을날의 가슴 밭 / 그녀의 뒷모습 / 그리움은 강물처럼 / 하늘빛 사랑 연가 / 고인돌의 고인(古人) /사막의 모래바람 / 셀카 놀이 / 홍릉 숲길을 걸으면 / 상사화 / 소요산 해탈문을 지나며 / 한강의 한숨 소리 / 시골집 달빛 / 문경새재를 걸으며 / 입동(立冬) / 가을 하늘 / 이게 참사랑 /사과를 먹으며

오! 히말라야 설산

설봉꽃 곱게 피운 하늘 내린 순백이여
긴 세월 띠 두르고 은빛결로 아름다워
만년설 신비로움이 고요 속에 눈부시다

온갖 풍파 끌어안고 눈물 사연 품어 안고
태곳적 쌓인 침묵 그 어느 때 입을 열까
내밀한 산세의 얼굴 성스럽고 황홀하다

천심은 부동인데 인심은 왜 흔들리나
억만 추위 껴입고도 흐트러짐 하나 없는
드높은 거룩한 묵시에 온몸 낮춰 경배했네.

강물에 비친 하늘빛

고요를 벗고 나와 아련히 누운 자리
사색에 타오르는 알몸의 애원 같아
하늘빛 펼쳐놓은 열정 요동치고 있구나

사랑을 기다린 듯 사연을 고백하고
촉촉이 휘감은 채 나뒹굴며 토해낸 듯
저 울림 풀어헤친 채 하늘 보며 누워 있네

세상 번뇌 독백처럼 저 멀리 던져놓고
윤슬은 나래 펼쳐 눈빛으로 마주하니
어느새 머문 추억은 물 위에서 꽃 핀다.

바람소리 드센 날에

내 삶의 모습 한 켠 풀향기로 버무리면
꽃잎은 못 흔들고 잎새로만 피었다가
한 시름 동여맨 생애 푸르게만 살리라

하루가 천년 같은 흔들리는 역한 세상
묵은 시름 밀어내는 바람이 귀를 열면
내 사랑 풀빛의 고백 청사초롱 불을 켜네.

파를 다듬다

파릇한 옷 벗기니 속살이 눈부시다
살면서 무슨 사연 저렇게도 많은 건지
하늘빛 구름을 안고 풀밭에서 뽑혀왔네

순백의 알몸으로 고이고이 간직한 꿈
길고도 가는 허리 긴 자아가 쪼개진 듯
알싸한 청심의 신비에 손이 떨려 머뭇하다

삶이란 쓰린 기쁨 아린 속에 피는 걸까
끈질긴 명줄 하나 님을 위해 받쳐들고
흰머리 파뿌리 향으로 순심으로 살아가리.

중랑천의 백두루미

굽이진 세월 물길 살얼음 깔리더니
휩쓸려 흘러왔던 수많은 이야기들
모두 다 노을빛 속에 빨려들어 묻혀간다

물살의 맥박들도 시나브로 느려지고
빛바랜 천변 추억 깜박깜박 희미한데
한 마리 백두루미가 천사인 듯 날아든다

날개 접고 사뿐사뿐 하늘 보고 물살 보고
사룬 정을 낚아채나 묵은 시름 걷어가나
나도야 순백의 사랑 학 걸음을 띄워본다.

인연의 향기

하늘 내린 인연인가 아직도 꽃이 핀다
향긋이 감싸안아 환한 웃음 지어보며
눈앞에 어른거리며 다정하게 손 내민다

하늘빛 창가에서 노크하는 그대 숨결
사무친 아리아로 멍든 가슴 보듬으며
오늘도 뼛속 향기로 새록새록 피어난다.

나의 베란다

풀 죽은 그리움 꽃 잎새엔 눈물방울
속울음 흐느끼며 꽃술마저 감추려네
못 받은 사랑 때문에 몸살 나서 떨고 있나

그대가 오시려나 마음 창을 열어보네
님 맞을 가슴 채비 꽃물 촉촉 적셔놓고
꽃향기 안기고 싶네 환한 꿈을 꾸고 싶네.

달빛 향을 훔치다

세월의 문 앞에선 한치 앞도 알 수 없어
눈앞의 산 절경도 운무 갈려 볼 수 없네
비 오는 내 가슴속에 몸부림치는 빛살들

가슴에 젖은 미담 시위 떠난 화살처럼
더 없이 조잘대며 덧 쌓아온 추억들도
한 세월 물안개 속에 희미하게 멀어가네

달빛을 닮고 싶네 그리움을 낳고 싶네
살아온 두께만큼 남은 꿈길 소망만큼
달빛 향 띠를 두르고 백학처럼 날고 싶네.

아, 한탄강

산천을 잡아당긴 큰 여울의 저 물소리
흘러온 두께만큼 층층 쌓인 사연만큼
하늘빛 끌어안고서 천하 비경 빚었네

잔도 따라 총총걸음 이 놀라운 풍광이여
강변 저편 펼친 절경 기암괴석 신비한데
발걸음 절로 멈추고 그 선경에 넋 잃었네

그리움은 큰 터 울림 천운 속에 잠겨 있나
궁예도 한탄한 듯 임꺽정도 탄식한 듯
한 서린 고석정 앞에서 큰 여울에 안겨봤네.

무지갯빛 당신

당신은 나의 참빛 하늘 내린 천생연분
그윽한 님의 얼굴 온유 향기 가득하고
뵐수록 행복한 마음 절로 기쁨 피어나네

미소가 젖어들어 마음 활짝 꽃이 피면
잡다한 세상 번뇌 씻은 듯이 사라지고
따스한 님의 숨결에 어느 결에 빠져드네

애틋함 일렁일렁 때로 눈물 적셔도
환희로 물들이고 못 뵈오면 열병되니
날마다 무지갯빛 당신 바라보며 살리라.

가을날의 가슴 밭

버텨온 그리움은 허공 속에 흩어졌나
바람결 일렁일렁 스산하게 맴도는데
외로움 토닥여 주는 낙엽 한 잎 스쳐간다

추억 속 호미질로 사랑 설렘 캐올려도
뜨거웠던 그때 열정 땅속으로 스미었나
쓸쓸한 그대 이름만 두렁 위에 너울지네

아니야 허상이야 철이 덜 든 바람야
숨겨둔 사랑 숨결 가슴 열고 하늘 보니
꿈에도 그리운 님이 내 눈앞에 서있네.

그녀의 뒷모습

환상의 리듬처럼 저 우아한 걸음걸이
명품 문장 메고 가는 화사한 선율 타고
하늘빛 보관을 쓰고 총총걸음 걷고 있네.

그리움은 강물처럼

그리움은 강물처럼 외로움은 봇물처럼
터지는 사랑 고백 출렁이는 그대 미소
꿈결로 다가서보네 몸져누운 이 흔들림.

하늘빛 사랑 연가

세월은 무심해도 햇살은 따스하네
찬바람 창가에도 외로움은 녹아드니
참았던 순백의 사랑 내 가슴에 싹트네

하늘빛 소망 담아 내 곁에 걸어두고
아낙의 작은 꿈도 소롯이 새겨두고
오늘도 참빛을 향해 위를 보며 걸어가네

그리움 오고간 정 사랑꽃 활짝 피니
마음도 곱디 곱게 당기며 어루만지며
나는야 설렘 안고서 아롱진 듯 살리라.

고인돌의 고인(古人)

한 시절 바람인가 피땀어린 영생인가
배어든 큰 우직함 침묵 안에 가둬놓고
눈부신 하늘을 품고 묵시록을 쓰고 있다

육중한 세월 무게 수천 년을 건너와서
신음소리 들리는 듯 헛기침이 새나올 듯
덮개돌 들어 올리면 그때 고인 올라올 듯.

사막의 모래바람

삶과 죽음 주관한 듯 흔듦과 잡아챔이
익숙한 연주법으로 허공을 제 마음대로
광활한 모래 바다를 휘어젓는 무법자

하늘빛 곱게 물든 석양빛을 시샘하나
한순간 회오리로 모래 폭풍 일으키니
곡선미 사막의 모래성 내 집처럼 잘도 짓네.

셀카 놀이

웃을까 안 웃을까 입꼬리 눈꼬리를
씰룩씰룩 찰칵찰칵 고개 들어 멀리 볼까
아무렴 공주의 모습 세상 중심 나야 나

잘 나오면 바로 나야 못 나오면 나 아니고
오늘은 아니 웬일 꽃보다도 더 이쁘니
얼굴엔 웃음꽃 가득 온 세상이 다 환하네.

홍릉 숲길을 걸으면

어머나 저것 좀 봐 우지직 사직 꺾여
침묵 속의 망설임들 잠에서 깨어나서
그 옛날 궁궐의 비애 다시 비춰 눈길 끈다

녹향 짙은 숲길 사이 혈서로 내비친 손
명성황후 비녕 따라 궁인 되어 걸어보니
어찌나 푸르른 숲길이 단풍으로 물 들더라.

상사화

그리움 밑줄 그어 오매불망 끌어안고
햇살을 품어 안고 애가 타는 붉은 입술
온종일 기다리면서 알몸으로 서성이네.

소요산 해탈문을 지나며

그리움 머문 자리 하늘빛 껴안으니
자연은 무아지경 청아한 맘 끌어안고
시심도 발길 따라서 소요(逍遙) 따라 일러주네

길 따라 숨결 따라 옛사랑이 흐른 자리
원효와 요석공주 꽃을 피워 설총 낳으니
한세월 흘러간 사연이 물소리에 서려 있네

사랑 앞엔 큰 불심도 허공에 뜬 독경인가
백팔번뇌 계단 밟고 해탈문 올라보니
꿈꾸듯 일체유심조라 온 누리가 밝아오네.

한강의 한숨 소리

고요를 벗고 나와 아련히 누운 자리
천고의 억장 메고 나뒹굴 듯 토해내며
윤슬에 펼쳐논 향기 요동치고 있구나

강심은 멀리 보라 손짓하는 깊은 독백
강바람도 나래 펼쳐 강둑에 걸터앉아
오늘도 먹구름 세상 탄식하며 한숨 짓네

사랑을 기다린 듯 외로움을 고백하듯
천심을 간직한 채 유유히 흘러가며
저 울림 인심을 휘감고 하늘 보라 당부하네.

시골집 달빛

지붕에 머문 달빛 저 홀로 서러워서
하얀 밤 지새우다 쏟아지는 흰 그리움
고요는 향수를 머금고 옛 추억을 수놓네

월광곡 선율 속에 다시 뜨는 둥근 달님
진월(珍月)이 거기 있네 눈빛으로 향기 모아
오늘도 달빛을 타고 고향으로 달려가네.

문경새재를 걸으며

한양길 멀고 먼 길 주흘산을 바라보며
짚신을 고쳐 신고 청운의 꿈 등에 지고
새들도 넘기 힘들다는 새잿길에 숨가쁘다

괴나리 봇짐 속엔 사서삼경 목이 타고
지아비 뒷모습엔 처자 눈물 따르는데
푸른 꿈 싸맨 등짐은 천근만근 무겁다

장원급제 기쁜 생각 그 누군들 안 했으리
간절함 토해내며 조령 관문 통과하며
하늘문 바라보면서 주먹 불끈 쥐어본다.

입동(立冬)

세월은 말줄임표 서툰 이별 깜박이네
실개천 살얼음판 속울음을 쏟아낼 때
당신도 지금 나만큼 으스스 추운가요

추억을 건너뛰며 다시 도진 아픈 상처
토라진 그리움도 손 내밀면 다시 뜰까
세월을 어루만지면 설운 가슴 달래보네

허튼 꿈도 꿈이었나 붉게 타던 지난 계절
그날의 마지막은 선명히 떠오르는데
그리움 몰아치듯이 찬바람만 불어온다.

가을 하늘

청잣빛 가득 채워 사색을 훔치는데
아련히 다가오는 정겨운 옛날 추억
하늘빛 연가 부르며 님과 함께 걷고 싶네

높푸른 가을 하늘 우아한 기품처럼
해맑은 사랑 밀어 소롯이 끌어안고
꽃구름 올라타고서 님 곁으로 달려가네.

이게 참사랑

날개 꺾여 야윈 지체 협곡에서 헤매일 때
억겁의 천생연분 눈물샘에 별이 뜨니
넘치는 감사의 물결 가슴으로 파고 든다

녹슨 맘 다독이는 설렘 속의 사랑 밀어
햇살 받은 은총인 듯 그리움도 축복인 듯
하늘빛 향기로운 사랑 눈꽃보다 더 곱네.

사과를 먹으며

갈바람 스러밟고 달빛에 오신 당신
글썽인 눈시울에 얼굴이 붉디붉다
피보다 뜨거운 울음 몸 바쳐온 그 단심아.

제5부

목
마
른
반
달

추억의 불씨 하나 / 불멸의 운곡 정신 / 들국화 연정 / 물안개 강변을 걸으며 / 방문자 / 안나푸르나 설산을 바라보며 / 시심의 꽃 / 선홍빛 가슴앓이 / 나의 별 / 단풍(丹楓) / 꺼지지 않은 불꽃 / 꿈길에 서서 / 눈썹 위의 낮달 / 당신 / 목마른 반달 / 끝눈 내리던 날의 기도 / 달빛 사랑 / 겨울 빛 그리움 / 황태덕장 / 월궁에서 기다림 / 솔베이지를 만나보다 / 풀잎 사랑 / 구름처럼 바람처럼 / 춘신 / 봄을 끓이다 / 일몰 / 가시연꽃 / 고로쇠나무

추억의 불씨 하나

된서리 맞은 꽃잎 창백한 꽃 한 송이
시들은 잎새마다 노을빛이 타오르면
늦가을 스치는 바람 살아나는 불씨 하나

가슴 아린 세월을 너 없이도 살았는데
못 맺을 인연인 걸 가버린 추억인 걸
속울음 흐느끼면서 하늘 보며 살아가리.

불멸의 운곡 정신

하늘은 아득한데 춘풍에 눈물 짓고
서녘은 기울면서 적막에 갇혀 있어
나라를 잃은 계절이 굽이굽이 휘돈다

말없는 숙명들이 귀 막고 목 꺾으며
밀려든 어둠으로 금이 가 무너질 때
말문을 닫아걸지만 옹이 박혀 더 서럽다

치악산 깊은 계곡 충절이 달빛 물고
홀로 핀 여명 줄기 소나무를 벗삼고서
곳곳이 깊고 푸르게 그리움을 펼치누나.

들국화 연정

하늘빛 껴안으며 몸 낮춰 바라보니
은은한 놀빛 향기 낭만을 펼쳐든다
푸른 꿈 날개를 펼쳐 우아하게 품었으면

그대 없이 산다 해도 세월 그냥 가는 것을
야국 같은 설운 사랑 꽃 몸살로 사위어도
속울음 흐느끼면서 하늘 보며 살아가리.

물안개 강변을 걸으며

황혼의 나래 살짝 상사몽을 품에 안고
강변을 걷다보니 다시 뜨는 님의 얼굴
청산은 달빛을 물고 호위하듯 따라온다

노을빛 너울 쓰고 사랑 따라 느낌 따라
꿈속의 환상인 듯 영혼 함께 걷는 발길
그리움 훔칠 줄이야 예전에는 몰랐네요

멋쩍은 하얀 미소 시공을 초월한 듯
물안개 스멀스멀 물빛 향도 자욱한데
나는야 구름밭 위에 꿈꾸듯이 날고 있네.

방문자

창가를 노크한다 이른 새벽 웬 손님이
꿈속의 님이련가 마음 조려 내다보니
부러진 나뭇가지 하나 애무하듯 웃고 있다.

안나푸르나 설산을 바라보며

미소 가린 여신인가 백의 두른 천사인가
차가운 눈 회초리 콧대 높은 여인처럼
하늘빛 눈부심으로 펼쳐놓은 저 환희여

차오른 정기 품어 신비로운 영감 받고
멋스런 낭만까지 교감으로 보듬으니
고요 속 장엄한 숨결 그 숨소리 가쁘구나

안나여 그대 이름 부를수록 아름다워
태곳적 뿌린 씨앗 이제사 거두는 듯
침묵 속 놀라운 은혜 넋을 잃고 바라본다.

시심의 꽃

햇살을 두른 듯이 달빛을 품은 듯이
올곧은 스승 발길 하늘 아래 반짝인다
시심도 그 빛을 따르니 청출어람 꽃이 피네.

선홍빛 가슴앓이

한겨울 찬바람이 속적삼 헤집는데
밤새워 눈물 짓는 지독한 가슴앓이
저리도 붉게 흐르며 방바닥을 뒹군다

추억에 잠겨드는 속울음 울컥울컥
오늘도 달빛으로 버무려 잠재우고
설운 밤 사랑했노라 위로하는 큰 그리움

희미한 사연들이 남몰래 고개 들고
파르르 떠는 아픔 허리를 동여매니
선홍빛 가슴속으로 큰 통증을 눌러본다.

나의 별

나의 별 나의 참빛 그 온유함 반짝인다
학덕은 온 땅 위에 인자함은 만인 위에
잠든 영혼 깨우치네

칭송은 꽃단장에 낭만의 띠 두르고서
내게도 활활 타는 용암처럼 스며드니
금빛이 사방에 퍼져 온누리를 밝혀주네.

단풍(丹楓)

그 빛깔 한껏 붉다 온몸으로 달려드는
거리의 낭만 듬뿍 내 안에서 도망 다닌
두려움 접으면서도 연모하는 붉은 입술

우연도 필연인가 기꺼이 물들었네
해와 달 만남 인연 축복의 빛 얼굴 가득
고독을 지워가면서 곱게 물든 그리움.

꺼지지 않은 불꽃

노을빛 물든 가슴 저 따순 말씀 품고
인생길 종점까지 단심의 띠 몸 두르고
내 사랑 이끄는 대로 불꽃처럼 살리라.

꿈길에 서서

밤비는 부슬부슬 냉가슴을 적시는데
그리워 흐느끼는 금실(琴瑟)의 문 열어놓고
한밤 내 꿈길에 서서 청사초롱 불 밝히네.

눈썹 위의 낮달

창문 밖 실눈 뜨고 바라본 그대 모습
등에 진 삶에 무게 힘들고 버거워도
소롯이 이슬 눈물로 그리움을 쏟아낸다

하늘에 물어본들 연민도 수심이라
기다림의 끝자락은 언제나 끝나려나
속울음 까맣게 불태워 푸른 하늘 보고 싶다

굽이진 지난 세월 훌쩍이며 두 손 모아
오늘도 외로워서 눈물꽃이 피었는데
그리움 낮달이 되어 눈썹 위에 떠돈다.

당신

당신은 햇살인가 별빛 안은 달빛인가
송죽 같은 기개에다 말씀의 향 기품 높아
그림자 쫓아만 가도 그 빛살에 녹아드네

따뜻한 손길에다 감싸 안는 엷은 미소
퍼즐처럼 죽이 맞아 숨결마다 간지러워
깊은 정 숨결 소리도 살가워서 눈물겹다

하늘빛 띠 두르고 달빛까지 휘어 감고
청명한 선비의 길 시혼으로 흩뿌리니
시심이 불타오르네 황무지에 꽃이 피네.

목마른 반달

반달이 구름 타고 다가와서 속삭인다
목마른 그리움을 밤 창가에 올려놓고
한밤 새 훌쩍거린다 만삭의 달 그립다고.

끝눈 내리던 날의 기도

순백의 춤사위로 하늘 묵시 펼쳐놓고
하늘하늘 시를 날린 끝 사랑의 정든 손길
복수초 고운 숨결로 잠든 영혼 깨우소서.

달빛 사랑

천생연분 설레임을 오작교에 걸어두고
앓다가 안 아픈 척 돌아서선 눈물 씻고
그리움 대숲 사이에 바람 타고 흐느낀다

출렁이는 달빛 여행 견우직녀 한 목소리
월궁에 가고픈 맘 터질 듯이 부풸는데
애틋한 인연의 다리 노을빛에 물들었네

그 언제 빛을 보나 뒤척이며 꿈꾸는 밤
송죽같이 늘 푸른 님 그 청심도 살가운데
목마른 하늘빛 사랑 달빛 타고 흐르네.

겨울 빛 그리움

은둔의 골짜기로 내쫓기는 늙은 햇살
겔푸른 그림자는 산비탈에 드러눕고
반달은 씰룩거리며 날 보라고 들썩인다

으스스 서리가 낀 문설주에 기댄 연심
낯익은 바스락 소리 돌아보면 바람소리
행여나 님이 오셨나 곁눈질 민망하다

골목길 긴 여운은 밤의 문을 열어놨고
초점 흐린 가로등은 홍등인 듯 켜지는데
빈 방엔 차가운 숨소리 헛기침만 가득하다.

황태덕장

눈보라 펑펑 쏟는 얼어붙은 열병식장
코를 꿴 바다 아우성 하늘 향해 항거한다
너무나 가혹합니다 죽어야 산다는 법.

월궁에서 기다림

그리운 눈빛으로 달빛 따라 오는 당신
멀리서 가까이서 고요 속에 품고 싶어
애잔한 은빛 바코드 은은하게 읽어 보네

사랑은 은막인가 미로 속의 침묵인가
햇살도 멀리하고 별빛살도 뿌리치고
이 생이 다 가기 전에 사랑 하나 부여잡네

둥지 그린 살가운 정 살포시 안기는데
길들인 기다림에 서러움도 떨리는 밤
은하수 수 놓은 카펫 즈려밟고 오소서

솔베이지를 만나보다

솔베이지 그 이름은 언제 들어도 정감 있다
북유럽 노르웨이에 순애보로 피어난 꽃
가슴속 여백 공간에 인상 깊게 살아있다

페르킨트의 모진 방랑 아내 위한 눈물 세월
일편단심 솔베이지는 오직 님만 바라보다
백발에 이르렀다니 기다린 사연 눈물겹다

눈물 사랑 선율 타고 부활하여 흐르는데
둥지도 예술이고 그 사연도 감미로워
한동안 눈 떼지 못하고 내 가슴도 울렁였네

애틋 사랑 별빛 되어 독백으로 눈감으니
혼불로 피어났네 정감어린 그 순애보
솔베이 영원한 사랑 그 순결 앞에 엎드렸네.

풀잎 사랑

고용히 흔들리는 이슬 맺힌 풀잎 사랑
몰라몰라 나 어쩌나 그 향기도 내 맘 같애
영롱한 연둣빛 사랑 그 빗살에 하나 됐네.

구름처럼 바람처럼

꽃단풍 곱게 물든 어스름한 황혼녘에
여유롭게 흘러가는 저 구름이 부럽구나
노을빛 흐름을 타고 바람처럼 살고 싶네

다정한 님 따라서 맛집 찾아 누리면서
하늘 구름 흘러가듯 솔바람이 스쳐가듯
황혼길 여백 따라서 훌훌 털고 가리라

아스라이 떠오르는 추억 속의 푸른 둥지
사랑이 묘약 되어 지팡이로 하나 되면
하늘빛 이승의 행복 무지개로 피어나리.

춘신

동구 밖 꽁꽁 언 땅 절절한 외침 위에
뒷동산 진달래는 귀를 쫑긋 세웠는데
따스한 님의 입김은 언 가슴을 녹였네.

봄을 끓이다

동살의 한 줄기 빛 가슴팍에 묻어날 때
파릇한 냉이국향 코끝을 스쳐가니
겨우내 사그라졌던 여린 봄 일으킨다

산마루 손짓하는 따순 정 큰 그리움
가슴에 저려 오며 낮달 되 맴돌다가
강변에 머물러 서서 두 팔 벌려 오라하네

깊은 산 바람소리 먼 들녘 물길 소리
청솔빛 고향 내음 그리움도 버무려서
한소끔 토장 끓이니 파릇한 정 물신 나네.

일몰

어머나 저것 좀 봐 어디로 가는 걸까
진종일 벼르다가 벌거벗은 너의 모습
낮가림 구름막 쳐도 불기둥 못 막네

해종일 큰 그리움 목 놓아 부르다가
무심한 땅거미 손 뿌리치지 못한 사랑
이승 문 닫히려 할 때 각혈하며 토해내네.

가시연꽃

달빛 고인 이슬 먹고 햇살 받아 피는 사랑
연잎을 뚫고 나온 피멍들은 그 단심이
비명을 휘어감고서 수면 위에 펼쳐있다

정든 님 보내놓고 토해내는 핏빛 울음
천년을 기다리다 가시 방석 올라앉아
눈시울 붉게 물들어 그리움을 토해낸다

콕콕 찌른 세월 아픔 물방석에 가시 돋아
참고 견딘 꽃님 절개 연화향을 내뿜으니
가시가 큰 축복이라고 하늘 복음 들려오네.

고로쇠나무

탐욕이 관통할 때 골골이 박힌 소름
세월이 타들어가 핏빛 잃어 서러운데
철면피 띠 두른 중생 모르쇠로 수혈하네.

하늘빛 소망과 그리움의 순수 미학

이 광 녕(문학박사, 문예창작교수)

진월(珍月) 김부배 시인의 글을 읽으면 명작의 고향에 온 듯한 문학적 감성에 빠지게 된다. 남달리 퍽이나 글을 좋아해서 늘 글벗을 하는 그녀는 평생소원이 명품시인이 되는 거라고 한다. 그녀의 시조 작품들은 갈고 닦아 정성이 결집된 사색의 결정체라, 어디다 내놓든 반짝반짝 빛이 나며, 이 시대 모든 작가들의 문장 사표가 되고 있다.

진월시인은 문재(文才)와 덕성(德性)을 갖춘 이 시대 최고의 여류 서정시인이다. 그녀의 눈에 들어오는 모든 사물은 그녀의 감성에 녹아 들어 정교하고 세련된 조탁과 여과 과정을 거친 뒤에 숙성된 명작품으로 탄생 되어 문단에 놀라움을 던져 주고 있다. 특히 '사랑과 그리움'이라는 인간의 본질적 문제에 대응하는 작가의 시적 안목과 내밀한 감성은 타의 추종을 불허하면서 독자적인 작품세계를 구축하고 있다. 그녀는, 우아하고 고결한 성품은 신사임당을 닮은 듯하고, 과감히 문단을 이끌어 갈 때에는 영국의 위대한 대처수상을 닮은 듯한 독특한 인상을 풍겨 준다. 혼탁한 이 시대에 보기 드문 부덕(婦德)을 갖추고 문단의 여러 회장직으로 봉사하면서, 최선을 다해 명품 창작에 열정을 쏟으면서 섬김과 베풂의 구도적 자세로 올곧게 나아가는 그녀의 문인다운 자세에 찬사와 더불어 경의를 표한다.

이번에 세상에 내놓는 시조집 『눈썹 위의 낮달』은 진월시인의 문학적 역량이 잘 갈무리된 시조문학의 결정체이다. 진월 시인의 명작품 전부를 다 일일이 분석할 수는 없으나, 전체를 관류하는 작가정신을 중심으로 그 주제별로 분류하여 작품세계를 살펴보기로 한다.

1. 사랑과 인연, 그 그리움의 서정 미학

시인은 사랑과 추억을 먹고 산다. 사랑과 그리움의 깊은 감성은 예로부터 인간의 본질적 본능적인 욕구였다. 일찍이 고대 그리스의 신화와 낭만주의 작가들은 자연과 인간의 사랑을 연계시키면서 인간 내면의 본능적인 감성을 다방면에 걸쳐 표출하였다. 특히 영국의 낭만파 시인 바이런(George Gordon Byron)이나 키츠(John Keats)와 같은 시인들은 인간의 사랑 감성을 내밀하게 묘사하여 많은 독자들에게 큰 감동을 불러일으켰다.

　문학은 시인이 숨을 쉬고 의탁하며 호흡할 수 있는 안식처요 하나의 위안처이다. 사랑과 그리움은 진월 문학의 중심 요체라 할 수 있는데, 여기엔 마치 바이런처럼 파란만장한 삶의 나이테에 새겨진 사랑과 이별, 고뇌와 상심, 그리고 로맨틱한 여심으로 점철된 인생의 족적이 깊은 인상을 남겨 주고 있다.

　　　　임이여 저 별과 달 언제나 불러놓고
　　　　단 하나 마음속에 휘감아 이어가는
　　　　금슬로 나이테마다 정 새기며 살아요

　　　　지내온 두께만큼 참사랑 떠 올리며
　　　　열정의 그 순간들 뜨겁게 수놓고서
　　　　높푸른 하늘빛처럼 안겨주오 오롯이

　　　　백향목 향기 아래 손에 손을 맞잡고서
　　　　행복이 피어나게 추억도 살아나게
　　　　연분홍 아로새긴 꿈 걸어놓고 살아요

　　　　　　　　- 「사랑의 속삭임」 전문

이 글을 읽으면 여성적인 잔잔한 사랑의 속삭임이 넘쳐흘러 그 정감이 읽는 이의 가슴을 울린다. 진실한 사랑은 말보다는 마음으로 눈빛으로 하는 것이다. 이 글에서도 충만한 사랑 감성이 마음속 심연으로부터 자연스럽게 흘러나와 그 다정감이 애절함으로 나타나 구구절절 시적인 정감이 넘쳐흐른다.

이 글에서 '별과 달'은 고귀하고도 높은 사랑 감성을 이어주고 고조시켜 주는, 영원성을 상징하는 매개체이리라. 화자는 대상에게, 그러한 대자연과 더불어 금실 좋은 인연으로 인생의 나이테에 정을 새기며, 손에 손을 맞잡고 행복이 피어나게 추억도 살아나게 아로새긴 꿈 걸어놓고 살자 고 속삭인다. 이 글의 절정은 마지막 수이다. 열정의 순간들을 뜨겁게 수놓고서 높푸른 영혼으로 승화되어 하늘 보고 살자 한다. 각 수의 말미에는 '~살아요'라는 각운으로 한층 다정감이 살아나는 여성적 정감을 더해 주고 있으며, 특히 마지막 수에서는 님과 함께 현실을 초월하여, 영원하고 거룩한 이상세계를 지향하며 살아가고자 하는 화자의 거룩한 인생관이 잘 드러나 있어 매우 격조 높은 애정관을 보여 주고 있다. 여성적 사랑 감성을 다정한 문체로 격조 높게 시상을 전개하여 크게 감동을 주고 있는 명품 시조이다.

버려온 그리움은 허공 속에 흩어졌나
바람결 일렁일렁 스산하게 맴도는데

외로움 토닥여 주는 낙엽 한 잎 스쳐간다.

추억 속 호미질로 사랑 설렘 캐올려도
뜨거웠던 그때 열정 땅속으로 스미었나
쓸쓸한 그대 이름만 두렁 위에 너울지네.

아니야 허상이야 철이 덜 든 바람이야
숨겨둔 사랑 숨결 가슴 열고 하늘 보니
꿈에도 그리운 님이 내 눈앞에 서있네.

- 「가을날의 가슴밭」 전문

진월시인의 글은 세밀히 분석해 보면 다 명문이어서 어느 것 하나 명품 대열에서 빼놓기가 쉽지 않다.

이 글도 인고의 세월 속에 참고 곰삭여 온 애정 심리를 계절적 환경 여건을 곁들여서 아주 잘 묘사해 내고 있어 퍽 인상적이다. 제 1연은 쓸쓸한 가을을 맞아 외로운 자아 심리를 낙엽으로 토닥여 준다는 서곡이다. 제2연에서는 추억 속의 사랑 설렘을 호미질로 캐올려도 간 곳 몰라 예전의 열정이 땅속으로 스민 듯 허황되고 쓸쓸하기만 하다고 하며 그대 이름만 두렁 위에서 너울진다고 한다. 그러나, 이 글의 반전은 제3연에서 이루어진다. 그

러한 쓸쓸함이 다 허상이며 철이 덜 든 바람들이라며 스스로 위
안하면서, 숨겨둔 사랑을 가슴을 열고 보니 꿈에도 그리운 님의
얼굴이 환영으로 나타나 있다는 표현이 감동적이다. 자아의 술
렁이는 애정심리 묘사와 시적 반전이 아름답게 펼쳐지는 문학적
가치가 높은 글이다.

그리운 눈빛으로 달빛 따라 오는 당신
멀리서 가까이서 고요 속에 품고 싶어
애잔한 은빛 바코드 은은하게 읽어 보네.

사랑은 은막인가 미로 속의 침묵인가
햇살도 멀리하고 별빛살도 뿌리치고
이 생이 다 가기 전에 사랑 하나 부여잡네.

둥지 그린 살가운 정 살포시 안기는데
길들인 기다림에 서러움도 떨리는 밤
은하수 수 놓은 카펫 스려밟고 오소서.

- 「월궁에서 기다림」 전문

이 글도 노을빛에 물든 애틋한 그리움의 애정 심리를 다정한

속삭임의 필체로 아주 잘 묘사해 내고 있다. 삶의 목적은 사랑이며 그 원동력도 사랑이라 할 수 있다. 월궁이 어디인가. 아마도 현실적으로는 가상이겠지만, 님과의 사랑이 무르익는 사랑 둥지의 상징일 것이다. 나이든 서정적 자아는 작품 속에서 '은빛 바코드', '은은함', '은막', '은하수' 등의 시어들로 뒷받침되어 은발의 서정성을 은연히 드러내 주고 있다. 그러한 은빛의 은발 연심은 오로지 인생이 다 가기 전에 가장 소중한 사랑 하나 부여잡고 싶단다. 노을빛에 물들어가는 인간이라면 누구든지 가장 소중한 건, 서로가 서로를 끌어안아 주는 진정한 사랑이리라. 그러한 소중한 사랑을 한밤중 은하수 수놓은 카펫을 스려밟고 오시라 하니, 그 기다림의 여성적 정서가 퍽 아름답고 소박하며 잔잔한 공감을 불러일으킨다.

마치 소월(素月)의 연정시를 떠올리게 하는 이글은 그리움과 기다림의 정서를 여성적 애정심리의 흐름으로 아주 잘 표현해 낸 작품이다.

천생연분 설레임을 오작교에 걸어두고
앓다가 안 아픈 척 돌아서선 눈물 씻고
그리움 대숲 사이에 바람 타고 흐느낀다

출렁이는 달빛 여행 견우직녀 한 목소리
월궁에 가고픈 맘 터질 듯이 부풀었는데
애틋한 인연의 다리 노을빛에 물들었네

그 언제 빛을 보나 뒤척이며 꿈꾸는 밤
송죽같이 늘 푸른 님 그 청심도 살가운데
목마른 하늘빛 사랑 달빛 타고 흐르네.

- 「달빛 사랑」 전문

이 글을 읽으면 이도령과 성춘향의 사연이 깃든 남원 광한루가 떠오른다. 남원 광한루(廣寒樓)에는 달나라 옥황상제와 선녀가 산다는 궁전의 이름인 광한전(廣寒殿)을 본뜬 광한루(廣寒樓)와 견우와 직녀가 만난다는 오작교(烏鵲橋) 등을 뜰 안에 재현해 놓아 월궁의 분위기를 한껏 느끼게 해 놓았다. 예로부터 달과 오작교는 사랑 표현의 상징적 매개체로 자주 등장하였는데, 술과 달을 좋아한 시선 이백(李白)이 호수에 어른거리는 달을 건지러 들어갔다가 다시는 나오지 못했다는 일화는 큰 의미를 지니고 있다.

이 글의 제목도 '달빛 사랑'이라고 하면서, 오작교와 월궁을 인용하여 견우 직녀의 애틋한 사랑 감성을 아주 잘 묘사해 내고 있다. 사랑은 언제나 슬픈 이별과 눈물을 전제하고 있다. 오작교에

서 만나 월궁에 가고픈 맘 터질 듯이 부풀었는데 현실은 여의치
않으니, 송죽같이 늘 푸른 님을 그리는 마음은 잠 못 이루고 뒤
척일 수밖에 없다. 그러기에 이 글의 말미에서는 '목마른 하늘빛
사랑 달빛 타고 흐른다'라고 하니, 달빛에 기댄 서정적 자아의 승
화된 애정 심리가 애틋하고도 잔잔하게 흘러넘치는 명시조이다.

A

보여요 등 뒤에도 저 모습 다 보여요
어머머 속 터져라 입속이 말라가요
이 가슴 열불이 나요 내가 너무 작은가요

- 「질투」 전문

B

반달이 구름 타고 다가와서 속삭인다
목마른 그리움을 밤 창가에 올려놓고
한밤 내 훌쩍거린다 만삭의 달 그립다고

- 「목마른 반달」 전문

독일의 시인 릴케(Rainer Maria Rilke)는 "시는 체험"이라고 설파

했는데, 진월시인도 얼마나 곡진한 사랑 체험이 있었기에 이토록 아름다운 사랑 시편들을 누에 실타래 뽑아내듯 줄줄이 읊어내고 있을까? 진월시인은 문학적 체험이 다양한 작가이다. 시인은 사랑과 추억을 먹고 산다고 했는데 특히 사랑 체험으로부터 우러나온 독특한 감성적 표현은 진월시인이 내뿜고 있는 고유한 색깔이요 특징이다.

기형도 시인은 '질투는 나의 힘'이라고 하였다. 글 A '질투'에서는 서정적 자아의 질투심리가 평이한 구어체 문장으로 독백적으로 드러나 있다. 그러나 직선적 감정적인 듯 하지만, 시적 감성이 여성적 정감 어린 화술기법으로 표출되어 큰 공감을 불러일으키고 있다. '입속이 말라가요', '열불이 나요'라는 솔직 담백한 직감적 언어에 시적 흥미도가 고조되어 있으며, 이어서 '내가 너무 작은 가요'라는 감정 추스르는 자기성찰적 문장을 배치함으로써 시적인 품격을 높여주고 있다.

글 B '목마른 반달'을 읽으면 황진이(黃眞伊)의 한시「영반월(詠半月)」을 떠올리게 된다. 아마도 이 글에서 '반달'은 반려자인 저편 반쪽을 그리워하는 사랑의 상징일 것이다. 사랑은 나머지 반쪽을 채우기 위한 정신적 몸부림이다. 그러기에 연인들은 그 반쪽을 그리워하며 달빛으로 찾아가기도 하며, 정표도 서로 나누고 한밤중의 세레나데를 부르기도 한다. 이 글에서 '만삭의 달'은

서정적 자아가 추구하며 만족감을 느끼는 사랑의 완성도를 의미
하는 함축적 내포적 시어이리라.

　이러한 작품들은 모두 진월 시인의 곡진하고 진실한 사랑 체험
이, 갈고 닦여진 언어의 조탁과 세련미로 반짝반짝 빛나는 결정
체로서 주옥같은 시편들이다.

2. 하늘빛을 닮아가려는 구도자로서의 이상향 추구

　생각이 추구하는 방향에 따라 인간의 유형은 수평적 인간과 수
직적 인간으로 구분할 수 있다. 수평형 인간은 이상을 추구하기
보다는 현실적 육신적인 문제에만 집착하기 일쑤다. 반면에, 수
직형 인간형은 현실보다는 영적인 이상세계를 추구 동경하며 실
천하려고 애를 쓴다. 신앙심이 강한 진월 시인은 구도자의 자세
를 늘 견지하고 하늘빛을 닮아가려고 애를 쓴다. 현실에 안주하
기보다는 높은 이상을 추구하며 현실을 초탈한 참 시인의 모습
이 시 전편을 통해 여러 군데서 드러나고 있다.

꽃단풍 곱게 물든 어스름한 황혼 녘에
여유롭게 흘러가는 저 구름이 부럽구나
노을빛 흐름을 타고 바람처럼 살고 싶네

다정한 님 따라서 맛집 찾아 누리면서
하늘 구름 흘러가듯 솔바람이 스쳐가듯
황혼길 여백 따라서 훌훌 털고 가리라

아스라이 떠오르는 추억 속의 푸른 둥지
사랑이 묘약 되어 지팡이로 하나 되면
하늘빛 이승의 행복 무지개로 피어나리.

- 「구름처럼 바람처럼」 전문

이 글을 읽으면 하늘빛 소망을 안고 무위자연과 유유자적함을 따르려는 시선다운 삶의 자세를 선명히 음미할 수가 있다. 여유롭게 흘러가는 구름을 '부럽다' 하고 노을빛 흐름을 타고 '바람처럼 살고 싶다' 하며, '하늘 구름 스쳐가듯 솔바람 스쳐가듯 황혼길 여백 따라서 훌훌 털고 가리라'고 한다.

그러나, 그런 가운데에서도 이 글의 서정적 자아는 숨길 수 없는 소박한 인간 본연의 사랑 심리를 드러내고 있다. 다정한 님과 함께 맛집 찾아 누리면서 사랑이라는 묘약으로 하나 되면 하늘빛 이승의 행복도 무지개로 피어날 것이란다. 소박한 여인의 소망의식과 함께, 마치 초월자와 같이 선비적 도가적인 시상의 경지에까지 이른 이 글은 상당히 사유적이며 그 정서의 펼침이 넓

고도 깊어 읽는 이에게 색다른 인상을 풍겨 주는, 사려 깊은 명
작품이다.

세월은 무심해도 햇살은 따스하네
찬바람 창가에도 외로움은 녹아드니
참았던 순백의 사랑 내 가슴에 싹트네.

하늘빛 소망 담아 내 곁에 걸어두고
아낙의 작은 꿈도 소롯이 새겨두고
오늘도 참빛을 향해 위를 보며 걸어가네

그리움 오고간 정 사랑꽃 활짝 피니
마음도 곱디 곱게 당기며 어루만지며
나는야 설렘 안고서 아롱진 듯 살리라.

- 「하늘빛 사랑 연가」 전문

　이 작품도 수직적 인생관을 지닌 소박한 아낙의 여심이 아주
잘 드러나 있다. 세월은 무심하고 찬바람 드세어도 참았던 순백
의 사랑은 가슴에 싹이 트고, 화자는 하늘빛 소망을 담고 참빛을
향해 위를 보며 정진하고 있다 하니, 그 고고한 모습이 눈앞에

선명히 그려진다.

  인연과 사랑은 삶의 원기소이며 생명소이다. 그리움 오고 간 정 되살리니 사랑꽃은 활짝 피었고, 인연과는 당기며 어루만지며 하늘빛 은혜를 기원하면서 '설렘 안고서 아롱진 듯 살리라' 하는 시적 자아의 모습이 퍽이나 고결하고 아름답다.

  '하늘빛 사랑'이란 무엇인가? 아마도 거친 세속에서는 건져낼 수 없는 고결하고 이상적인 높은 사랑이 아닌가. 진월 시인은 독실한 기독교 신앙인이다. 사랑의 참빛을 향해 위를 보며 걸어가는 작가의 순심과 거룩한 믿음의 경지가 시적으로 승화된 작품이다.

아홉 번 꺾인 관절 흔들림에 질긴 목숨
순백의 꽃잎으로 눈물 사연 끌어안고
어려운 삶의 고비를 이겨내고 웃는구나.

스치는 눈웃음엔 물소리도 흘러가고
목이 긴 그리움에 산바람도 스산한데
호수가 일렁거리듯 마음결도 흔들린다.

가슴속 구구절절 속정 깊은 여린 순정
헹구는 묵은 시름 밝은 눈 마주하면

하늘빛 염원은 진월시인이 구가하는 수직적 관계의 영역이다. 이러한 시상은 저속하지 않고 그 영혼이 하늘에 닿아 있고 신앙적이며 고결하다. 이 글에서도 아홉 번 꺾인 구절초의 질긴 목숨을 하늘빛 영원한 사랑과 연계시키고 있다. '구구절절'이라는 시어의 차용이 시적 정서의 적합성에 큰 역할을 해 주고 있다. '구절초'라는 객관적 상관물은 아마도 순백의 꽃잎으로 눈물 사연 끌어안은 서정적 자아의 굴절 많은 자화상을 그려낸 것은 아닐까?

아무리 질긴 구절초 목숨이라 해도 물소리 흐르고 산바람 스쳐 스산할 땐 호수가 일렁거리듯 마음결도 흔들거리리라. 그러나 구절초는 거센 바람 들판에서 인고의 세월을 견디어 낸 지절 높은 귀한 존재이다. 들꽃이기에 구구절절 사연 많은 속정 깊은 여린 순정이지만, 묵은 시름 헹구어 밝은 눈 마주하면 사랑 중의 고귀한 사랑, '하늘빛 영원한 사랑의 향기'가 만발하여 떠돈다 하니, 그 수직적 영혼의 자취가 독자들에게 감명 깊은 묵시록이 되고 있다.

진월 시인은 작시의 귀재요 명가이다. 그녀의 눈에 들어오는 글감들은 그녀의 사유의 세계에 깊이 녹아들어, 시어가 갈고 닦고 조탁되어서 반짝반짝 빛나는 세련된 문장으로 거듭난다. 이 글도 구절초의 속성과 작가의 서정성이 멋지게 교감 되어 아름다운 작품으로 재탄생된 명품 시조이다.

그리움 머문 자리 하늘빛 껴안으니
자연은 무아지경 청아한 맘 끌어안고
시심도 발길 따라서 소요(逍遙) 따라 일러주네.

길 따라 숨결 따라 옛사랑이 흐른 자리
원효와 요석공주 꽃을 피워 설총 낳으니
한세월 흘러간 사연이 물소리에 서려 있네.

사랑 앞엔 큰 불심도 허공에 뜬 독경인가
백팔번뇌 계단 밟고 해탈문 올라보니
꿈꾸듯 일체유심조라 온 누리가 밝아오네.

- 「소요산 해탈문을 지나며」 전문

동두천 '소요산'의 이름은 특별하다. 장자의 '소요유(逍遙遊)'를 떠올리게 되는데, 떠들썩하거나 시위의 뜻이 아닌 '소요(逍遙)' 즉 '마음 내키는 대로 슬슬 거닐며 돌아다니다'의 뜻이기 때문이다. 소요산에는 원효와 요석공주의 사랑 일화, 그리고 두 사람이 머물렀다는 자재암(自在庵)과 백팔 계단, 해탈문(解脫門) 등이 있다. 이글은 여기를 배경으로 탐방한 견문 감상을 쓴 것이리라.

　자재암 오르는 호젓한 길을 '옛사랑이 흐른 자리'라고 하며 원효와 요석공주가 꽃을 피워 설총을 낳았고 그 사연이 계곡의 물소리에 서려 있다고 한다. 자재암 가는 길에는 해탈문이 있는데, 화자는 백팔 계단을 올라 해탈문을 지나치면서 생각하니, '사랑 앞엔 큰 불심도 허공에 뜬 독경'이라고 그 소회를 읊조리고 있다. 그리고 원효대사의 생각과 같이 인생 모든 것은 '일체유심조(一切唯心造)'이며, 그걸 깨닫는 순간 '온누리가 밝아오네' 라고 결론지으면서 깨달음의 경지까지 시적으로 형상화시켜 놓았다. 명소를 탐방한 뒤에 그 견문과 감상을 아주 조리 있게 감성적 표현으로 잘 구성해 놓은 사려 깊은 작품이다.

3. '평범 속의 진실'이 발견되는 아낙의 소박 순수한 감성미

　작품 창작의 비평 기준은 '평범 속의 진실'을 얼마나 뜻깊게 발견해 내고, 그걸 '잘 표현해 내었는가'로 가늠할 수 있다고 본다. 진월 시인은 평범한 아낙이지만 그녀가 표현해 낸 작품은 놀라울 정도로 공감이 가서 고개를 끄덕이게 된다. 푸성귀를 다듬는 일에서부터 베란다를 관리하는 일, 냉잇국에 토장을 끓이는 일까지 평범한 아낙의 손길이지만, 그러한 일상의 일에서 시적 영감을 떠올리고 남들이 표현해 내지 못한 놀라운 시적 기법으로 명작품을 제조해 낸다. 마치 혼신의 영혼을 불어넣어 명품을 일구어내는 신비스런 도공의 기예와 같다고나 할까?

평범 속에서 발견해 낸 진실을 건져 올리며, 혼신의 정성으로 필봉을 휘두르는 아낙 작가의 시적 사유의 세계로 들어가 본다.

파릇한 옷 벗기니 속살이 눈부시다
살면서 무슨 사연 저렇게도 많은 건지
하늘빛 구름을 안고 풀밭에서 뽑혀왔네.

순백의 알몸으로 고이고이 간직한 꿈
길고도 가는 허리 긴 자아가 쪼개진 듯
알싸한 청심의 신비에 손이 떨려 머뭇하다.

삶이란 쓰린 기쁨 아린 속에 피는 걸까
끈질긴 명줄 하나 님을 위해 받쳐들고
흰 머리 파뿌리 향으로 순심으로 살아가리.

- 「파를 다듬다」 전문

이 작품을 읽는 순간, 독자의 마음은 놀라운 아낙의 순백 시심과 그 감성적 표현에 감동의 경지로 빠져들게 된다. 일상의 평범 속에 곱게 곱게 드러난 소박한 작가의 여성적 향기가 퍽이나 인상 깊기 때문이다. 하늘빛 구름 사연을 안고 풀밭에서 뽑혀 나온 파릇한 파, 그 파릇한 옷을 벗기니 그 속살이 눈부시다. 화자는 긴 자아가 쪼개진 듯한 순백의 가는 알몸을 만지는 순간, 알싸한 청심의 신비에 손이 떨려 또한 머뭇하단다.

전반부는 파릇한 파의 생태와 다듬는 감각을 묘사했다면, 후반부는 파의 속성을 딛고 일어선, 승화된 서정적 자아의 인생관을 비유적 기법으로 잘 드러내고 있다. 풍파를 이겨내고 아린 속에 피어난 끈질긴 명줄과 같은 순백의 파, 그런 고운 맘을 님을 위해 받쳐 들고 흰 머리 파뿌리 될 때까지 파뿌리 향으로 살아가겠다는 아낙의 삶의 소망이 반짝반짝 빛난다.

이 글은 선경후정(先景後情)으로 이루어진 기서결(起敍結) 구조의 축조 아래, 아낙의 평범한 시심과 진실한 소망을 감각적 기법으로 곱게 곱게 다듬어낸 작품성이 높은 글이다.

풀 죽은 그리움 꽃 잎새엔 눈물방울
속울음 흐느끼며 꽃술마저 감추려네
못 받은 사랑 때문에 몸살 나서 떨고 있나.

그대가 오시려나 마음 창을 열어 보네
님 맞을 가슴 채비 꽃물 촉촉 적셔놓고
꽃향기 안기고 싶네, 환한 꿈을 꾸고 싶네.

　　　　　　　　　- 「나의 베란다」 전문

　이 글엔 일상 아낙의 평범 속의 진실한 서정이 잘 드러나 있다. 어느 날 불현듯 베란다의 풀 죽은 꽃 잎새를 보고 외로움에 빠져 있는 자아의 모습을 연상하게 된다. 잎새에 맺혀 있는 눈물방울, 속울음 흐느끼며 못 받은 사랑 때문에 몸살 나서 떨고 있는 모습이 어쩌면 서정적 자아의 모습과 그리도 닮아 있었는지. 그러기에 후반부에서는 님을 기다리는 마음이 간절하여 '그대가 오시려나 마음 창을 열어 놓고 꽃물 촉촉 적셔놓고 꽃향기를 안겨 드리고 싶다'고 고백한다. 시상의 전개는 자아 시심의 연동에 따라 흘러간다. 평범한 일상 속에서 발견해 낸 삶의 진실과 서정성을 아름다운 시문으로 조탁해 낸 글솜씨가 매우 비범하여 잔잔한 감동을 불러일으키는 작품이다.

동살의 한 줄기 빛 가슴팍에 묻어날 때
파릇한 냉이국향 코끝을 스쳐가니
겨우내 사그라졌던 여린 몸 일으킨다

산마루 손짓하는 따순 정 큰 그리움
가슴에 저려 오며 낮달 되어 맴돌다가
강변에 머물러 서서 두 팔 벌려 오라 하네

깊은 산 바람소리 먼 들녘 물길 소리
청솔빛 고향 내음 그리움도 버무려서
한소끔 토장 끓이니 파릇한 정 물씬 나네.

- 「봄을 끓이다」 전문

이 글도 봄빛 여인의 서정성이 물씬 풍겨나는 격조 높은 분위기의 작품이다. 제목 '봄을 끓이다'와 말미 부분의 '한소끔 토장 끓이니 파릇한 정 물씬 나네'는 그 정서가 관통하여 주제성이 선명히 드러난다.

제1연에서는 냉잇국향으로 겨우내 사그러졌던 여린 몸을 일으키고, 제2연에서는 따순 정 큰 그리움을 맞을 준비를 하고, 제3연에서는 고향 춘흥에 접어들어 그리움을 버무려서 파릇한 정감에 몰입되는 경지를 그려내었다.

이 글에서 특히 도드라진 시적 감각은 시각과 촉각, 그리고 후각이다. 파릇한 냉잇국향, 따순 정, 청솔빛 고향 내음 등이 감각적 이미지를 잘 드러내는 시어들이다. 여인이 맞이하는 토속적

춘홍의 감성미가 감각적 기법으로 잘 다듬어져 표현된, 인상 깊은 작품이다.

4. 작시의 달인다운 비범한 필력과 시적 풍류

송나라 구양수는 글을 잘 쓰기 위한 요건으로 다독(多讀), 다작(多作), 다상량(多商量)을 피력하였다. 다독을 하고, 틈날 때마다 늘 사유하면서 습작에 열중하고 있는 진월 시인은 발표하는 작품마다 거의 모두 명작품들이다. 이는 명작들을 많이 읽어 시조 작법의 요령을 익히고, 수정에 수정을 거듭하여 명장이 명품 도자기를 구워내듯 심혈을 기울여 세상에 내놓기 때문이리라.

진월시인은 여류 문장가답게 평소에 늘 습작 노트 또는 메모장을 지참하고 다닌다. 언제 어느 장소에서 적합한 글감을 만나기만 하면 그녀의 창작 노트에 귀재로 들어앉는다. 그녀의 비범한 필력과 시적 풍류는 평소에 늘 인백기천(人百己千)의 숨은 노력이 있었기에 가능하였으리라.

> *A*
> 어사화 누가 쓸까 가슴 두근 조마조마
> 그래도 내 누군데 몰래 숨어 손잡다가
> 빛바랜 모자만 쓰고 돌아서는 백면서생(白面書生)
>
> - 「백일장에서」 전문

B

추억을 부추기며 망각을 덧칠하고
흥분된 붓방아로 여백을 채우다가
분화구 펄펄 끓듯이 애가 타는 앙가슴.

– 「작시고(作詩苦)」 전문

C

환상의 리듬처럼 저 우아한 걸음걸이
명품 문장 메고 가는 화사한 선율 타고
하늘빛 보관을 쓰고 총총걸음 걷고 있네.

– 「그녀의 뒷모습」 전문

단시조의 묘미는 압축미와 간결미, 그리고 촌철살인(寸鐵殺人)의 아포리즘(Aphorism) 미학의 표출에 있다. 장황하게 늘어진 완만성이 아니라, 고도의 함축적 압축적 기법으로 짜여진 간결하고 짜릿한 메세지가 독자들의 눈길을 끌어당긴다.

윗글 A에는 백일장에 임하는 화자의 과장(科場) 심리가 아주 잘 드러나 있다. 백일장에 임하는 응시자들의 관심은 온통 최종 급제자가 누가 될 것인가에 쏠려 있다. 누구든지 자신이 제출한 답안지에 크게 만족하지 못하는 수가 많지만, 그래도 혹시나 자기

이름이 장원 급제자로 불려지지 않나 하고 은근히 기대를 하며 귀를 쫑긋 세운다. 그러다가 드디어 급제자 이름이 불려지고 대부분 낙방의 쓴맛을 체험하게 되는데, 이때 누구든지 낙방을 한 미묘한 소외감에 빠지게 된다. 화자는 장원 급제자를 '어사화'에 비유하고, 낙방한 응시자를 '빛바랜 모자만 쓰고 돌아서는 백면서생(글만 쓰고 세상 물정 모르는 사람)'이라고 비유하고 있어 신선한 느낌을 던져주고 있다.

글 B는 마음먹은 대로 창작해 내지 못하는 작시의 고통을 쓴 것이다. 추억과 망각을 드나들며 흥분된 붓방아로 여백을 채우다가 만족한 글이 완성되지 못하여 분화구처럼 펄펄 끓어오르는 애타는 심정이 아주 잘 묘사되어 있다.

글 C에서 우아한 걸음걸이로 명품 문장을 메고 가는 '그녀'는 과연 누구인가? 그녀는 화사한 선율 타고 하늘빛 보관을 쓰고 총총걸음 걷고 있다. 글을 좋아하고 늘 글 가방을 메고 다니며 신앙인으로서 이따금씩 굵직한 문학상을 거머쥐고 계관시인처럼 당당히 걸어가는 모습으로 보아, 아마도 작가 자신의 자화상을 그려낸 것이리라.

이러한 글들은 모두 진월 작가의 시인다운 창작 자세와 문학적 성향이 나타난 것으로서, 명작품을 양산해 내는 그녀의 정신적 창작 배경을 드러낸 단시조들이다.

짜여진 저 공식들 다 버리고 떠난 오후
절절한 외침으로 변수에 싹을 틔워
세월을 등에 업고서 강둑 따라 걷는다

시혼과 한 몸 되니 열리는 비밀의 문
황홀한 전율들이 사색 향 다독이자
숨소리 달뜬 여백들 긴 여운을 토한다

막막한 침묵 건너 퇴고를 거듭하면
햇살의 따스함이 은은히 빗장 풀어
잘 익은 고독의 시편들 금빛 날개 펼친다.

- 「시인의 노래」 전문

　명시의 기준은 시의 주제에 가장 적합한 시어들을 얼마나 잘 끌어왔으며, 그것들을 어떻게 적합하게 잘 배치하였느냐에 달려 있다.

　이 글은 사유의 깊이에 따른 시어들의 차용과 적합한 배치 기법이 범상치 않다. 제1연에서는 틀에 박힌 일상에서 변수에 싹을 틔워 사유의 세계로 들어가는 도입 과정이, 제2연에서는 시혼의 세계로 들어가 비밀의 문을 열고 마음의 긴 여백 속에 여운

을 토해내는 작시 과정이, 제3연에서는 퇴고를 거듭하여 드디어
정제된 시편들을 세상에 내놓아 금빛 영광을 맞이하는 참 시인
의 모습을 수준 높게 그려내었다.

　평소 진월 시인의 시문에 대한 애착과 그 열정으로 보아, 아마
도 이러한 작시 과정과 태도는 진월 시인 자신의 자화상과도 같
으리라. 적합한 시어들의 차용과 배치가 주제 의식과 일치하여
명작으로서의 기품을 드러내는 품격 높은 연시조이다.

가려진 인연의 길 아련히 휘어 감고
푸른 꿈 가슴 안고 찾아 헤맨 지난 세월
빛 따라 달려와 보니 장엄한 빛 수 없네.

반겨 맞는 따스한 손 아로새긴 나의 사랑
청산에 어화둥둥 시화 향기 넘쳐나니
여기에 무릉도원이 자리 잡고 있었구나.

늘 푸르게 살아보리 시선되어 올라가리
여백을 개울처럼 물 흐르게 놔두고서
이제는 청안의 언덕에 꽃 피우며 살리라.

- 「청안시대」 전문

명품이 탄생되려면 좋은 스승을 만나고 창작의 좋은 환경을 맞이해야 된다.

이 글은 진월시인의 명품 창작 산실이 어디에서 비롯되고 정착되었는지를 알게 해 준다. 남달리 좋은 글 창작에 애착심이 많은 진월시인, 그녀는 오랜 기간 명작의 산실을 찾아 헤매고 주유한 끝에 찬란한 한 줄기 빛을 따라 와 보니, 예가 바로 시선(詩仙)들이 모여 있는 청산의 무릉도원(武陵桃源), '청안(靑岸)'의 언덕이란다. 반겨 맞는 따스한 손길과 사랑, 그리고 넘쳐나는 시화 향기, 드디어 제자리에 정착한 시적 화자는 여기서 푸르르게 살면서 시선이 되어 올라 보며, 인생을 꽃피우리라 다짐하고 있다.

이 글의 제목을 '청안시대'라고 한 것으로 보아, 화자는 청안에서의 문단 인생을 작가로서의 황금기로 인식한 것 같다. 이 작품 역시 비범한 창작 열의와 작가로서의 인생관이 잘 드러난 명품 시조이다.

5. 위인의 족적 따라, 그 위대한 혼불 따라

진월시인은 신앙인으로서 믿음이 충만하고 언행이 반듯할 뿐만 아니라, 늘 글 창작의 사유가 깊어 모든 여류 문인 중의 사표가 된다. 그녀의 작품 중 많은 부분이 법고창신(法古創新)의 정신에 따른 작품들로서, 시조집의 여기저기서 선보이고 있다. 위인들의 족적을 따라 그 혼불에 따라 본받아 가며 살아가고자 하는 그녀의 온고지신(溫故知新) 정신이 흔들리는 현대의 작가 정신에 큰 횃불이 되고 있다.

　평범한 아낙의 입장에서 우러나온 사유가, 일상에 쫓기는 현대 여성의 분망 속에서 어찌 이토록 영혼의 불빛을 불러일으키는 훌륭한 명작품들을 출산해 낼 수 있을까? 필자는 그녀가 창출해 낸 걸출한 작품들을 음미해 보면서 놀라움을 금치 못하였다.

마재골 너른 뜨락 님의 향기 짙푸르다
묵향이 넘실넘실 다산의 얼 가득한데
묘소에 오르는 돌계단 층층마다 우국이다

애민엔 목민심서 치세엔 경세유표
명판엔 흠흠신서 명의엔 마과회통
님의 뜻 실사구시가 무지몽매 다 깨웠다.

하늘 내린 스승이여 이 민족의 구원자여
앞길 열어 비춰주신 그 지혜 놀라워라
방대한 묵향 자취가 이 민족의 횃불됐네.

- 「여유당의 숨결」 전문

이 글은 조선 후기 최고의 실학자인 다산 정약용의 유적지를 탐방하고 그 견문과 소회를 쓴 것이다. 남양주 마재골 다산의 탄생지에는 다산 선생의 생가(여유당)와 묘역을 비롯해 유배 생활 중 저술한 책과 유물을 전시한 박물관 등 다양한 시설과 아름다운 산책 공원이 조성되어 있다.

이 글은 다산의 업적과 자취를 따라 시상이 전개되었는데, 제1연은 다산 묘소로 향하는 돌계단을 오르면서 발걸음 층층마다 느끼는 우국의 얼을 현장감 있게 표현하였다. 제2연은 다산의 명저서들을 들어 그 실사구시 정신이 무지몽매한 백성들을 일깨웠다고 칭송하였고, 제3연과 4연은 구원자다운 다산의 위대한 예지와 묵향 자취는 이 민족의 큰 횃불이 되었으며, 그 위대한 족적이 지금도 계승되어 무거운 역사의 짐을 거중기로 들어 올리면서 역사의 강물이 되어 면면히 흐르고 있다고 비유 기법으로 기술하고 있다.

위인의 위대한 자취와 업적을 현장감 넘치게 시적으로 전환시
켜 찬미하는 작시법은 상당히 어려운 작업이다. 그런데도 진월
시인은 다산 선생의 자취와 숨결을 아주 실감 있게 운율미 넘치
는 글로 잘 표현해 내고 있어 놀라움을 금치 못하게 한다. '백문
불여일견(百聞不如一見)'이라 했는데, 이 글은 현장감 넘치는 견문
과 감상, 그리고 적합한 어휘 선택과 구성으로 찬미의 글을 완성
시킨, 본보기가 되는 모범 작품이다.

　　　하늘은 아득한데 춘풍에 눈물 짓고
　　　서녘은 기울면서 적막에 갇혀 있어
　　　나라를 잃은 계절이 굽이굽이 휘돈다

　　　말없는 숙명들이 귀 막고 목 꺾으며
　　　밀려든 어둠으로 금이 가 무너질 때
　　　말문을 닫아걸지만 옹이 박혀 더 서럽다

　　　치악산 깊은 계곡 충절이 달빛 물고
　　　홀로 핀 여명 줄기 소나무를 벗삼고서
　　　곳곳이 깊고 푸르게 그리움을 펼치누나.

　　　　　　　- 「불멸의 운곡정신」 전문

운곡(耘谷) 원천석(1330~?) 선생은 고려말 조선초 목은(牧隱) 이색과 교유하며 유학 발전에 크게 이바지한 인물이다. 1360년(공민왕 때) 진사시에 급제했으나 고려말 정세가 어지러움을 보고 개탄하며 치악산에 들어가 은거하며 지냈다. 조선 태종 이방원의 어릴 적 스승으로서 이방원이 즉위하자 운곡선생을 기용하려고 자주 불렀으나 운곡은 결코 이에 응하지 않았으며, 태종이 직접 찾아와도 미리 소문을 듣고는 산속으로 숨어버렸다는 이야기가 전한다.

이 글은 이러한 운곡선생의 우국 충심과 절조 높은 의기를 시적으로 아주 잘 구성해 놓은 작품이다. '하늘은 아득한데 춘풍에 눈물짓고 서녘은 기울면서 적막에 갇혀 있어 나라 잃은 계절이 굽이굽이 휘돈다'라는 도입 부분이 눈길을 끈다. 전개 부분에서는 귀 막고 목 꺾으며 어둠으로 금이 가 무너졌기에 '말문을 닫아걸지만 옹이 박혀 더 서럽다'라며, 암울하고 단절된 당시의 세태를 비유적으로 잘 그려내고 있으며, 말미에서는 치악산에 은거해 있으면서 자연과 벗하며 늘 푸르른 소나무 같이 변치 않고 새로운 날만을 기대하는 운곡선생의 처지와 심리가 잘 나타나 있어 큰 감동을 제공해 준다.

멍울진 임의 결기 드높이 휘날리면

아슴한 달빛 아래 저릿한 맘 끝에서
구슬픈 울음소리가 스치듯이 아리다

밀려난 이국땅에 응어리진 그리움이
애끓는 나라 사랑 순백의 양이 되어
가슴속 통증이 일면 애국혼을 쏟아낸다

태우면 태울수록 못 다한 숙명까지
밀려든 새벽의 꿈 혼자 겨워 쓰러져도
산화된 영육의 넋은 부활의 꽃 활짝 피네.

- 「부활꽃 이육사」 전문

이 글도 위인의 충절 어린 애국 혼불을 아주 잘 그려낸 작품이
다. 단지, 작품의 방향에 생명력을 부여하여 '부활'의 의미를 강
조한 것이 특이하다.

태우면 태울수록 못다 한 숙명까지 독립운동을 하다가 혼자 겨
워 쓰러져도 그 산화한 영육의 혼은 다시 '부활의 꽃'으로 활짝
피리라는 긍정과 확신의 의식이 선명히 드러나 있어 명품 시조
로서의 품격이 갖추어져 있다.

존귀하신 님이시여 매순간 꽃 피우며

달콤한 사색의 리듬 나눠주는 나의 스승

머리엔 황금 빛깔로 월계관을 쓰셨도다

아슴한 생의 난간 올곧게 잡아주며

환희로 휘어잡아 껴안은 저 목소리

끝 모를 상상력으로 시심의 집 짓는다

하루를 다독이는 온유하고 따순 손길

응고된 시어들이 향기 뿜어 빗장 여니

그 이름 문향을 타고 세세토록 빛나네.

- 「나의 스승님」 전문

상경하애(上敬下愛) 정신이 희미해지고 스승공경 정신까지 퇴색해 버린 현실에 이 글은 색다른 진실성과 공경심을 제공해 준다. 시상 진술의 내용도 상당히 대상을 우러러보며 찬미적이다. 머리엔 황금 빛깔로 월계관을 쓰고 계신 스승님, 환희로 휘어잡아 껴안은 목소리로 온유하고 따순 손길로 제자들을 이끌어 주며, 끝 모를 상상력으로 시심의 집을 짓고 응고된 시어들도 향기 뿜어 새로운 빗장을 열어간다.

이러한 시풍은 메마른 이 시대에 얼마나 놀라운, 평범 속에 도
드라진 존귀하고도 공경심 넘치는 고운 마음씨인가! 명심보감에
'약요인중아 무과아중인(若要人重我 無過我重人)'이라 하였다. 만약
나를 존귀히 여겨주길 바란다면, 내가 먼저 남을 존귀하게 높이
라는 뜻이다. 대상을 높이고 스승을 공경하면 높이는 자신도 존
귀한 인물이 된다는 진리를 현대인들은 대부분 망각하고 있다.

진월시인의 올곧은 마음, 굴기애타(屈己愛他) 정신과 공경심은
작가로서의 품격을 높여주고 있으며, 메마른 시대, 쏟아져나오
는 숱한 글 중에서 생명수와 같이 정감 넘치는 감명 깊은 명작품
이다.

6. 자연과 사물에 대한 예리한 통찰력과 놀라운 묘사력

자연과 사물에 대한 느낌과 시적 감성 표현은 글짓기의 기본이
다. 똑같은 객관적 상관물을 보고서도 사람마다 그 느낌은 각양
각색이며, 그 표현에 있어서 우열의 격차가 심한 것은 작가마다
의 능력 차이 때문이다. 진월 시인은 사물을 보되 평범 속에서
진실을 발견해 내며, 그 존재적 가치와 인생과의 연계성을 꿰뚫
어 본다. 마치 1930년대 〈시인부락〉을 이끌어왔던 미당(未堂)과
청마(靑馬)의 생명파를 연상케 한다.

- 「일몰」 전문

　이 글을 읽으면 '어허 저거, 물이 끓는다 구름이 마구 탄다'로 이어지는 월하 이태극 선생의 「서해상의 낙조」가 떠오른다. 진월 시인은 일몰의 모습을 어찌 이렇게 생동감 있게 표현했을까? 진종일 벼르다가 벌거벗은 너의 모습, 낮가림 구름막을 쳐도 그 불기둥을 막을 수 없단다. 이 글의 특징은 이러한 자연의 현상을 묘사하는 데에만 끝나지 않는다. '이승문 닫히려 할 때'는 노을빛에 물들어 인생 종착역이 보일 때가 아니던가? 해종일 큰 그리움을 목 놓아 부르다가 땅거미를 뿌리치지 못하고 종말에 이르도록 이루지 못한 '사랑'이라는 안타까운 운명 앞에 서정적 자아는 각혈하며 토해내고 있다. 피를 토해낸 모습은 물론 울긋불긋 낭자한 낙조의 모습일 터이다.

자연현상을 통한 인생 사랑의 명제를, 생명파의 입장에서 관조
하면서 놀라운 비유적 기법으로 묘사해 낸 수준 높은 명작이다.

아주 먼 길 되돌아와 번뇌 털고 깨어난 몸
노을진 가지마다 된바람에 볼 붉히며
이른 봄 바자울 너머 달빛 물고 뒤척이네.

한 생을 되돌리듯 절며 절며 일어서서
까맣게 타는 가슴 맺힌 한을 나독이며
그 회한 붉은 눈물을 뼛속까지 흘리네.

설핏한 별을 따라 깨졌던 아픔이야
단심으로 일어서는 천길 벼랑 지조 끝에
피멍울 웃음꽃으로 핀 내 어머니 환생인가.

- 「홍매화」 전문

매화(梅花)는 사군자 중의 으뜸으로 지조와 절개를 상징한다. 그
래서 많은 문사들은 매화를 시제로 다루었으며, 특히 퇴계 이황
(李滉)은 『매화시첩』을 내어 매화를 인격체로 여기고 무척 사랑하
고 예찬하였다. 매화 중에 홍매화는 백매화보다 세인들의 눈길을

더 끄는데, 아마도 핏빛의 도드라진 지조와 감각성 때문일 게다.

　이 글은 객관적 상관물을 본 서정적 자아의 관조적 심안이 아주 깊게 내재 되어 있다. 표층적 감각보다는 심층적 내면세계의 시심이 눈길을 끈다.

　'아주 먼 길 되돌아와 번뇌 털고 깨어난 몸'은 누구를 의미하는가? 아마도 사랑으로 의인화된 '홍매화', 즉 '피멍울 웃음꽃'으로 피어나 환생한 '어머니'를 상징할 터이다. 그런 홍매화는 까맣게 타는 가슴 맺힌 한을 다독이며 그 회한의 붉은 눈물을 뼛속까지 흘리고 있을 것이다. 단심으로 일어서는 천길 벼랑 지조 끝에, 피멍울로 피어난 어머니에 대한 그리움이 홍매화로 환치되어 표현된 매우 인상 깊은 작품이다.

흩어진 향기 모아 하늘 보며 머문 뜨락
글썽이는 이름으로 붉어진 침묵들이
고요히 달빛을 안고 주렁주렁 달렸네.

영혼의 부싯돌로 내 안에 불 켠 당신
미틈달 물든 추억 서리 내린 가지 끝에
나는야 홀로 서러워 하얀 밤을 태우네.

그리움 익어가면 설운 이맘 터질까요

칼바람 들썩이니 따순 그대 더 그리워
마침내 뜨거운 울음 불씨처럼 번졌네.

- 「홍시」 전문

이 글은 진술보다는 감성적 묘사가 뛰어나다. 고요한 달빛 허공 아래 주렁주렁 매달려 있는 홍시, 영혼의 부싯돌로 내 안에 불을 켠 그대의 붉은 모습인 듯하다. 서정적 자아는 홀로 그립고 서러워 하얀 밤을 붉게 태우는데, 그리움이 익어가면 홍시 터지듯 '설운 이맘도 터질까' 하고 벅찬 감정을 드러내며 유추하고 있다.

미틈달 칼바람 들썩이는 쓸쓸함이 다가오니, 따순 그대가 더 그리워 마침내 뜨거운 울음이 불씨처럼 번져 허공에 매달려 있다는 표현이 의인화된 홍시의 모습을 아주 잘 묘사해 내고 있다. 투사(投射) 기법에 의한 그리움의 감성적 묘사와 시심(詩心)의 형상화가 잘 이루어진 인상 깊은 작품이다.

A
모진 고문(拷問) 불붙어서 달궈진 꽃송어리

충신열사 거듭난 듯 수행스님 탈속한 듯
묵은 때 껍질을 벗고 핏빛 영혼 환생했네

까마귀 분칠한들 백로 행세 말이 되나
미끄러운 허튼 세상 겉 다르고 속 다르면
잔나비 미끄럼 타다 떨어질 날 있으리라.

- 「배롱나무」 전문

B
탐욕이 관통할 때 골골이 박힌 소름
세월이 타들어가 핏빛 잃어 서러운데
철면피 띠 두른 중생 모르쇠로 수혈하네.

- 「고로쇠 나무」 전문

사물의 특징을 잡아 글로 옮기는 일은 작가들의 몫이며 그러한 일은 인생을 아름답게 장식해 주는 문화 활동이다. 작가들은 작품의 글감을 선택할 때 그 글감에 서려 있는 깊은 의미를 생각하여 취택한다.

위의 글감 배롱나무와 고로쇠 나무는 그것에 담겨 있는 삶의 철학적 의미가 선명하다. 글 A에서, 핏빛 붉은 꽃이 피는 배롱나무는 일명 '자미화(紫薇花)', '목백일홍', '미끄럼나무', '간지럼나무'라고도 한다. 배롱나무는 충신열사를 모신 사당이나 그윽한 사찰에 많이 드리워져 있는데, 껍질 없이 표피가 매끄러운 것으로 보아 표리부동하지 않은 고귀한 인격체를 연상하게도 한다. 제1연의 '핏빛 붉은 꽃'은 고문을 당하고 있는 충신열사의 높은 지조가 환생한 듯 비유되고 있으며, 제2연은 '미끄럼 타다 떨어진다'는 시구로 보아, 배롱나무의 표피가 미끄러워 잔나비도 올라가다 미끄러져 떨어진다는 점에 착안하여 얕은 꾀로 세상을 농락하는 소인배들을 경계하고 있다. 충성된 인간의 지조 절개와 잔꾀를 부리는 소인배를 대조적으로 배치하여 공감을 불러일으킨 작품이다.

글 B는 생태시의 경향을 띠고 있다. 고로쇠나무의 피와 같은 수액을 빨아 먹는 인간의 탐욕 때문에 고로쇠 나무는 핏빛을 잃어간다. 나무의 사정도 모르고 철면피 띠 두른 인간들은 밤낮없이 그들의 혈액을 채취해 간다는 시상이 생태환경을 파괴하며 살아가는 현대인의 삶을 되돌아보게 하는 의미 깊은 작품이다.

지금까지 진월 시인의 작품 세계를 그 주제별로 분석해 보았다. 그녀의 글에서는 어느 작가의 글에서도 찾아보기 힘든 '의식

(意識)의 흐름' 속에서 전개되는 영적 깨달음과 놀라운 상상의 세계가 파노라마처럼 전개되어 있다.

진월 시인의 글은 허난설헌과 신사임당의 글에서 느낄 수 있는 상상력, 그리고 생명파 시인들의 글에서 느낄 수 있는 생명력의 회귀와 인생 깨달음의 철학이 꽃 피어 있다. 각종 백일장 대회에서 장원 급제를 거듭한 그녀는 문인 중의 문인이며 시인 중의 참 시인이다. 필자는 작품을 읽으며 마치 시선(詩仙)의 세계에서 놀라운 깨달음의 진리를 발견한 듯, 심오한 시적 감흥을 체험하였다. 문학이 한낱 관념적인 일상의 넋두리로 끝나는 게 아니라, 현실과 동경 세계를 넘나들면서 이상향을 바라보는 의미 깊은 필력의 소산이라는 시인의 소명감이 그녀의 놀라운 작품 세계를 통해 선명히 나부끼고 있다.

그녀는 신앙인으로서 보기 드문 현대의 여류 문사요 영적 수행자이다. 그녀의 인품이나 사상은 작품 속에 면면히 녹아들어 있으며, 현대를 살아가는 많은 문인들에게 정신적 문학적으로 크게 귀감이 되고 있다.

이 한 권의 소중한 서책이 아직까지 깨달음의 지름길 앞에서 서성이는 독자들에게 새로운 소망의 불빛으로 떠올라, 인생의 참된 지침서가 되리라고 믿는다.

-丙午年 3월, 三益齋에서 曉峯 撰